BASTEI
LÜBBE

CHARITY von Wolfgang Hohlbein
im BASTEI-LÜBBE-Programm:

23 096	Die beste Frau der Space Force
23 098	Dunkel ist die Zukunft
23 100	Die Königin der Rebellen
23 102	In den Ruinen von Paris
23 104	Die schlafende Armee
23 106	Hölle aus Feuer und Eis
23 110	Die schwarze Festung
23 115	Der Spinnenkrieg

WOLFGANG HOHLBEIN

CHARITY

Das Sternen-Inferno

Science Fiction Roman

BASTEI LÜBBE

BASTEI-LÜBBE-TASCHENBUCH
Science Fiction Abenteuer
Band 23 117

Erste Auflage: August 1991

Lektorat: Reinhard Rohn
Titelillustration: Luis Royo/Norma Agency, Barcelona
Umschlaggestaltung: Quadro Grafik, Bensberg
Satz: KCS GmbH, 2110 Buchholz/Hamburg
Druck und Verarbeitung: Brodard & Taupin,
La Flèche, Frankreich
Printed in France
ISBN 3-404-23117-1

Der Preis dieses Bandes versteht sich
einschließlich der gesetzlichen Mehrwertsteuer.

1

Die intensiv rote Blase der Explosion verblaßte allmählich, zerfiel in zahlreiche durchscheinende Splitter, die sich auflösten wie Glas in Flußsäure. Im Infrarot sah man die sich nach oben ausweitende Masse heißen, ionisierten und doch hochverdünnten Gases. Das sichtbare Licht stammte hauptsächlich von Sauerstoffatomen.

Die HOME RUN entfernte sich von der Erde. Die gewaltige Kugel, blauweiß mit großen braunen Flächen, die sogar aus dreißigtausend Kilometern Höhe noch mit bloßem Auge auszumachen waren, fiel hinter ihnen, unter ihnen, über ihnen zurück. Auf diesem Abschnitt der Bahn lagen sie nicht mehr im Erdschatten, aber die Sonne befand sich auf der anderen Seite des Schiffes. Der schwarze Samt des Himmels war gesprenkelt mit kalten weißen Sternen, die außerhalb der Lufthülle der Erde weder blinzelten noch zitterten.

Charity Laird, ehemals beschäftigt im Rang eines Capitains bei der Space Force, wandte den Blick von der provisorisch installierten Bildschirmreihe ab und sah aus der acht Meter durchmessenden Kuppel aus Panzerglas auf die Erde hinab. Der Nordpol lag außer Sicht. Sie hatten die polare Umlaufbahn, in die sie von der Schwarzen Festung aus gestartet waren, mit erheblichem Aufwand an Treibstoff und Energie in achthundert Kilometern Höhe verändert. Das ionisierte Gas aus den Triebwerken hatte sie vor den Ortungsgeräten der Moroni abgeschirmt, und das diskusförmige Kampfschiff, das sich ihnen von einem afrikanischen Standpunkt aus genähert hatte, war von einer Lenkbombe zerstört oder zumindest aufgehalten worden. Die Reste des nuklearen Feuerballs machten eine Ortung für sie genauso unmöglich wie für ihre Gegner, ganz zu schweigen von den Auswirkungen auf die abgeschirmte Elektronik.

Sie ließ ihren Blick über die sogenannte Brücke wandern. Die HOME RUN war ein ehemaliger US-amerikanischer Lastentransporter, eine riesige Kapsel mit einhundertzwanzig Metern Durchmessern an der Basis und einer Höhe von neunzig Metern. Sie hatte nicht erwartet, noch einmal eine dieser behäbigen Konstruktionen zu Gesicht zu bekommen, aber zu ihrer Überraschung hatten sich in einer der unterirdischen Startbuchten der Schwarzen Festung zwei dieser Transporter befunden. Sie hatte sie beinahe nicht wiedererkannt. Das Grundgerüst war erhalten geblieben, aber eine zusätzliche Panzerung bedeckte den alten Hitzeschild. Die neuen Triebwerksblöcke waren einfach in die neue Panzerung hineingegossen worden, und die Laserkanonen ragten wie gedrungene, borstige Insektenbeine hervor. Das Innere dagegen sah aus, als wäre es von einem kurzsichtigen, betrunkenen Innenarchitekten mit einer starken Abneigung gegen gerade Linien und rechte Winkel entworfen worden. Es gab keine Trennwände mehr und keine durchgehenden Decks.

Charity erwartete beinahe, daß sich einige der lose aufgehängten Plattformen jeden Moment aus ihren spindeldürren Verankerungen lösen konnten. Jetzt, da die Triebwerke nicht mehr arbeiteten und die HOME RUN nicht mehr schlingerte und schwankte, fühlte sie sich ein wenig sicherer, aber ihre Augen irrten ziellos in dem Wirrwarr hin und her, und unwillkürlich stellte sich eine Übelkeit ein, die sie seit ihren ersten Shuttleflügen vergessen geglaubt hatte.

»Alles in Ordnung?« fragte Skudder. Er hatte sich einfach neben ihr zwischen die Träger einer der Plattformen näher am Bug gehängt. Die bizarre Form der so zerbrechlich wirkenden und doch stahlharten Fasern schien ihm nichts auszumachen.

»Ja«, schnappte sie. »Wenn du die Güte besitzen würdest, mich nicht kopfüber wie eine Fledermaus anzusprechen, dann verspreche ich sogar, daß ich mein karges Frühstück bei mir behalten werde.«

»Wäre wohl besser«, sagte er und zog sich grinsend um eine Querstrebe herum. »Die Sauerei kriegen wir hier nie wieder weg, und wir haben noch einen langen Weg vor uns.«

»Er kommt mir plötzlich länger vor«, versetzte sie.

Das Grinsen verschwand. »Hey, ich dachte, du wärest hier der Raumfahrer von uns beiden.«

»Ich bin in einer anständigen Welt aufgewachsen, mit rechten Winkeln und Böden, auf denen man einfach so herumlaufen konnte.« Sie seufzte. »Tut mir leid. Der Feuerzauber dahinten hat mich ziemlich mitgenommen.«

»Wir sind raus«, versetzte Skudder. »Und die nächsten vier Tage halten wir durch.« Er wies mit einer Kopfbewegung in Richtung Kuppel. »Sieh mal.«

Die Nordpolfläche hatte sich, aufgrund ihrer Bahn, ihnen entgegengeneigt und bot einen guten Blick auf das Inferno. Scheinbar bewegungslos hatte sich eine graue Masse über die Erdoberfläche gelegt. Das Polarmeer war weißgesprenkelt, jeder der winzigen Flecken eine gewaltige Eisscholle, die von dem Polarmassiv abgebrochen war. Die dichte Decke aus Staub und Ruß schirmte die Reste der Schwarzen Festung vor ihren Blicken ab. Die Erschütterungen in der Region waren noch in Köln zu spüren gewesen, und die Hangars, in denen sie die HOME RUN erbeutet hatten, existierten vielleicht nicht mehr.

»Die Frage ist, ob die da unten durchhalten«, erklärte sie erbittert.

»Gurk meint, daß sie das Loch in den Griff bekommen werden«, sagte Skudder mit deutlichem Zweifel in der Stimme.

»Gurk«, wiederholte sie nur. »Wir haben zu Hause schon zu viele Probleme. Und jetzt machen wir uns auf einen verdammt weiten Weg, nur weil uns irgendein Idiot, von dem wir nicht einmal den Namen kennen, eine Botschaft von der Rückseite des Mondes geschickt hat.«

»Der Idiot hat ein Space-Force-Funkalphabet benutzt«, meinte Skudder ungerührt. »Und er kannte deinen Namen. Vielleicht solltest du bei deinen Bekanntschaften etwas mehr Sorgfalt walten lassen.«

Sie musterte ihn spöttisch von Kopf bis Fuß. »Kann schon sein.«

»Das Moronischiff ist anscheinend schwer beschädigt worden.« Einige Markierungen auf einem Radarbild verdeutlichten die Bewegungen des diskusförmigen Kampfschiffes. Der Beobachter, ein Mann namens Henderson, folgte der Bahn mit einem Lichtmarker. »Sieht so aus, als ob sie in einer elliptischen Bahn bleiben. In zwanzig Minuten verschwinden sie hinter dem Erdhorizont.«

»Und dann?« fragte Skudder.

»Kommt drauf an. Wenn der Antrieb hin ist, bleiben sie in dieser Umlaufbahn, und nach einem halben Dutzend Umläufen sind sie in der Atmosphäre.« Er deutete mit dem Daumen nach unten.

»Und wenn der Antrieb okay ist?«

»Dann werden sie im Schatten der Erde ihre Bahn drastisch verändern, und wir haben sie in ein, zwei Stunden wieder auf dem Hals.« Henderson zuckte die Achseln. »Zumindest würde ich das so machen.«

Skudder blickte zu Charity.

»Er hat recht«, sagte sie. »Wir sind sie noch nicht los.«

»Wir passieren in elf Minuten die geostationäre Umlaufbahn«, warf Bender ein, der vor der zweiten Bildschirmgruppe saß. HOME RUN bot genug Platz, also hatten sie alle wichtigen Systeme doppelt installiert. Tatsächlich standen ihnen weit mehr Geräte als Menschen zur Verfügung. Von der Mittelachse ausgehend waren eine große und eine kleinere Plattform eingebaut worden. Einige Träger und ein paar aufgespannte Stahltrossen hielten sie an den glatten Innenwänden der Kapsel, aber bei jedem Beschleunigungsmanöver begann die größte Plattform zu schwingen, und während des kurzen Gefechts hatten sie mehrfach das Gleichgewicht verloren. Die meisten Geräte, die Computerbänke, Bildschirme und Kabelverteiler waren an den Plattformen befestigt. Es hatte Wochen gedauert, die Moroni-Schaltpulte mit neuen Geräten zu verbinden, zu ergänzen oder zu ersetzen. Die Bedienungselemente waren eine angsterregende Mischung aus Hebeln und Tastern, die nur mit Zangenhänden korrekt benutzt werden konnten, simplen Computer-Tastaturen und provisorischen Pulten mit Kippschaltern, Schiebereglern und anderen Kontrollen, für die sie nicht einmal einen Namen hatten. Etiketten, größtenteils von Hand beschriftet, klebten überall auf den Pulten. Seit Beginn der Startvorbereitung vor drei Tagen, als Charitys Mannschaft die HOME RUN übernommen hatte, hatten sie immer wieder Schilder versetzt, geändert oder einfach weggeworfen. Die Bewaffnung war eine ähnliche Mischung aus bizarrer Moroni-Technik und robusten Museumsstücken aus NATO-Arsenalen. Die drei Lasersysteme an der Außenhaut waren Beutestücke, und ihre Ansteuerung erfolgt über ein Moroni-Kontrollpult, an dem sie vorsichtshalber keine Änderungen durchgeführt hatten. Zusätzlich waren außen zwölf Raketenbehälter angebracht worden, die zugleich als Abschußrohre dienten. Nur vier wiesen in Richtung Bug, also zur Kapselspitze, und einer der Behälter war leer. Die Raketen wickelten nach dem Start eine Signalleitung ab, die eine weitere Lenkung gestattete. Sie konnten die Raketen starten oder abwerfen, wie sie es während des ersten Gefechts gemacht hatten. Die Raketen waren nicht für die Schwerelosigkeit gebaut worden. Der Feststoff-Treibsatz konnte, war er erst gezündet worden, nicht abgeschaltet werden. Einmal verbraucht, stellten die Geschosse nicht mehr dar als Lenkbomben, und ohne die kleinen Korrekturdüsen drifteten sie wie Minen auf ihrer festgelegten Bahn. Der Antrieb dagegen war ausschließlich Moroni-Technik, während die Lebenserhaltungssysteme von den Menschen stammten. Charity hatte darauf bestanden. Die Moroni-Systeme waren zwar noch vorhanden, aber nicht eingeschaltet, ein wenig vertrauenerweckendes Gebilde, das entfernt an eine überdimensionale Himbeere erinnerte, wobei einige der fleischigen roten Blasen nur faustgroß waren, andere fast einen Meter maßen. Wie einige andere beunruhigende Maschinen, deren Zweck sie nur erraten konnten, war auch diese Maschine zur Luftaufbereitung unter der großen Plattform verschwunden. Eine Luke nahe der Mittelachse gestattete den Zugang in diesen unbeleuchteten Teil der HOME RUN, den sie alle nur den ›Keller‹ nannten. Neben der Luke begann die Leiter, die hinauf zur kleineren Plattform führte, welche bis zu einer der drei transparenten Kuppeln reichte und ›Brücke‹ genannt wurde.

»Dreihundertachtzigtausend Kilometer«, sagte Marie

Dubois. Die Waffenoffizierin stand in der Nähe des Feuerleitpultes.

»Was ist mit der geostationären Umlaufbahn?« fragte Charity.

»Leergefegt«, versetzte Henderson. »Da draußen ist nichts mehr, was größer wäre als ein Mülleimer.«

»Minen?«

»Möglich.« Die Antwort war wenig ermutigend.

Charity sah zu den sogenannten Mannschaftsquartieren hinüber, kokonartigen Gebilden, die an gepolsterte Schlafsäcke erinnerten und am Rand der großen Plattform aufgestellt worden waren. Die vier Soldaten, zwei Männer und zwei Frauen, hatten sich nach dem Gefecht ein wenig Bewegungsfreiheit verschafft, aber sie blieben in ihrer ›Verpackung‹. Über der Plattform trieben Bruchstücke von Gurten und Halterungen und einzelne Ausrüstungsgegenstände herum, die sich während der heftigen Ausweichmannöver gelöst hatten. Die pulsierenden, blutroten Alarmtafeln an der Unterseite der Brücke verliehen dem Raum ein gespenstisches Aussehen. Sie hatten den akustischen Alarm nach dreißig Sekunden abgeschaltet, weil das infernalische Geheul jedes Wort übertönt hatte. Inzwischen glaubte Charity sogar das Einrasten einzelner Schalter hören zu können. Einer der Ausrüstungsgegenstände war ihre Atemmaske, die sich in einem besonders kritischen Moment losgerissen hatte. Ihre Reflexe waren schlechter geworden, dachte sie mißmutig. Früher wäre ihr so eine Panne nicht passiert.

»Schäden?«

»Das Heckradar ist hin. Die Reserveantenne funktioniert leidlich.« Bender zuckte die Achseln. »Wir haben ein wenig Strahlung abbekommen. Ehrlich gesagt, ich weiß nicht, ob wir in diesem Wirrwarr wirklich feststellen können, weshalb ein System gerade nicht funktioniert.«

»Geschweige, es zu reparieren«, murmelte Skudder.

»Die Ortung ist okay«, erwiderte Henderson beleidigt.

Charity warf ihm einen Blick zu. »Wir bleiben in Bereitschaft«, entschied sie. »Laßt um Himmels willen diesen verdammten Alarm abgeschaltet. Und auch die Innenbeleuchtung.« Sie grinste mürrisch. »Ich traue diesem zusammengeflickten Radar nicht. Und ich weiß nicht, über welche Antiradar-Technologien die Moroni-Schiffe verfügen.«

»Welche Schiffe?« fragte Henderson verwirrt.

»Die, die wir nicht sehen«, erwiderte Dubois mit bestechender Logik.

Charity lächelte der Frau zu. »Schlimmstenfalls sind wir auf unsere Augen angewiesen«, sagte sie. »Vielleicht sind diese verdammten Sichtkuppeln wirklich noch nützlich.«

»Wir könnten ein paar Raketen abwerfen«, sagte Dubois. »Nur ein kleiner Schubs, damit sie ein paar Kilometer seitlich abdriften und uns zweihundert Kilometer vorauseilen.«

»Oder hinterherhinken«, fügte Charity hinzu und dachte an das Verfolgerschiff.

»Genau. Wir lassen sie einfach an unseren Drähten hängen und warten, bis etwas in ihre Nähe kommt, und dann lösen wir aus.«

»Sprengen uns den Weg frei.« Skudder nickte. »Das klingt gut.«

»Alte Indianerlist«, spottete Charity. »Okay. Drei Raketen aus den heckwärtigen Rohren, eine aus dem Bug. Lassen Sie sich Zeit, aber machen Sie es richtig.«

»Kein Problem«, erwiderte Dubois geschäftig. Charity musterte sie nachdenklich. Ohne Dubois' Fähigkeiten mit der kargen Bewaffnung der HOME RUN wäre ihre Rettungsmission bereits innerhalb der Erdatmosphäre rasch und feurig beendet worden.

»Diese Frau legt eine ungesunde Begeisterung an den Tag«, sagte sie leise zu Skudder, als sie zu den Soldaten hinübergingen.

»Feuereifer«, witzelte Skudder, dann wurde er ernst. »Sie zeigt Initiative, das ist alles.«

»Und schießt auf alles, was sich bewegt.« Charity tat den Gedanken mit einem Schulterzucken ab. »Unsere Munition macht mir Sorgen. Das nächste Gefecht wird irgendwo im Vakuum stattfinden. Keine Atmosphärenausläufer, die wir aufheizen können, um uns dahinter zu verstecken. Könnte sein, daß wir nach einer Minute nackt dastehen.«

»Das ist nicht ihre Schuld.«

»Ich weiß«, sagte Charity. »Diese Konservendose macht mich unruhig. Zu viele Teile, die ich nicht kenne.«

»Das tut niemand«, sagte Harris, der den letzten Satz mitgehört hatte. Er hatte gewissermaßen die Mittlerrolle zwischen Charity einerseits und der kleinen, vierköpfigen Mannschaft andererseits übernommen. Keiner der Soldaten hatte Vakuumausbildung oder ein Training in niedriger Schwerkraft oder Schwerelosigkeit absolviert. Sie hatten Erfahrungen mit Schutzanzügen und Atemgeräten, und sie waren in die Benutzung der Schlitten und Tornister eingewiesen worden, die in einem der Container unterhalb der Plattform lagen, aber für einen Einsatz auf dem Mond war das mehr als dürftig. Und drei Tage boten wenig Möglichkeit, an diesem Umstand etwas zu ändern.

Charity erklärte ihm die Situation. Die Soldaten waren erstaunlich geduldig und ruhig, obwohl sie sich auf einem Himmelfahrtskommando befanden, auf dessen Ablauf sie noch weniger Einfluß hatten als die dreiköpfige Besatzung der HOME RUN.

»Keine weiteren Schiffe?« fragte Harris am Ende.

»Henderson hat keine gesehen«, erwiderte Skudder.

»Hmmm«, machte Harris. Er schaffte es, das Geräusch besonders vielsagend klingen zu lassen.

»Was ist mit dem Mond?« fragte Charity. »Gibt es dort Abwehranlagen?«

»Nicht von Bedeutung«, erwiderte Harris. »Ich meine, aus unserer Zeit. Die Moroni werden daran arbeiten.«

»Die Industrieanlagen auf dem Mond sind groß, aber alt und nur für den Bergbau geeignet.«

»Sie könnten die Anlagen verbessert haben«, wandte Harris ein.

»So wie dieses Schiff?« fragte Skudder ernsthaft.

»Die Originalversion wäre über die geostationäre Umlaufbahn nicht hinausgekommen«, erwiderte Charity knapp. »Sie haben recht. Schätze, wir werden es genau wissen, wenn wir erst dort angekommen sind.«

»Sobald wir dort angekommen sind«, korrigierte Harris mit einem charmanten Lächeln.

»Drei Tage«, sagte Charity. »Sobald wir über der Rückseite sind, haben wir Aufnahmen vom Krater.«

»Und die haben Aufnahmen von uns«, versetzte Harris. »Zielfotos, gewissermaßen.«

Charity reagierte mit einem Achselzucken. »In den nächsten Stunden kann nicht viel passieren«, sagte sie. »Unser Abflug hat eine Menge Staub aufgewirbelt, aber im Moment sind wir die einzigen hier oben.« Sie tippte auf die würfelförmige Konsole eines taktischen Computers, der direkt neben einem Bildschirm stand. »Wie wäre es mit einer kurzen Einweisung?«

Harris musterte sie. »Wozu?«

»Hören Sie, ich bin auf dieser Fahrt vielleicht nur der Lastwagenfahrer, aber ich bin schon da draußen gewesen, als Sie und Ihre Männer noch Speisequark in den Tiefkühltruhen eines Supermarktes gewesen sind.« Die Bemerkung war nicht gerade glücklich gewählt, und die Anspannung der letzten Tage ließ sie beinahe die Beherrschung verlieren. »Ich erzähle Ihnen, was ich weiß, und Sie erzählen mir, was ich wissen will, und vielleicht kann ich dafür sorgen, daß Sie nicht in irgendeinem Loch im Mare Moscoviense versacken. Kapiert?«

Im Gesicht des Offiziers zeigte sich Anerkennung; ob

für ihre Ansicht oder für ihren professionell vorgebrachten Wutausbruch, war nicht auszumachen. Er setzte sich kommentarlos auf eine am Deck befestigte Munitionskiste und schaltete die Konsole ein. Es handelte sich um einen tragbaren Taktikcomputer, komplett mit Empfangsgerät für nicht mehr vorhandene Positionssatelliten, das nun vollkommen nutzlos war, aber immer noch drei Kilogramm Gewicht zu dem integrierten Gerät beitrug. Der insgesamt zentnerschwere Brocken konnte den Überdruck kleinerer Explosionen vertragen, die Schaltkreise waren gegen Strahlung und Störsender gesichert worden, und der Energiespeicher reichte für acht Wochen. Alles in allem hatte dieser unansehnliche Würfel mehr Aussichten, den Trip auf die Rückseite des Mondes zu überleben, als irgendeiner von ihnen.

»TACCOM 370/98 – Selbsttest abgeschlossen.« Die Stimme klang etwas blechern, aber durchaus kräftig. Charity schwieg ebenso überrascht wie Skudder.

»Hey, ich bin soweit.« Auf dem Bildschirm flackerte es nachdrücklich.

Sie sah den Offizier an. Harris hob die Schultern. In der Schwerelosigkeit führte diese Bewegung nicht selten dazu, daß man den Kontakt mit dem Deck verlor.

»Prototyp der US Army. Schätze, Sie wissen mehr darüber als ich.« Er verzog die Mundwinkel.

»Entzückend«, sagte Skudder. »Ein Blechkumpel.«

»370/98«, versetzte der Würfel mit Würde.

»In Ordnung«, warf Harris ein und hinderte Skudder an einer weiteren bissigen Bemerkung. »Ich wünsche Zugriff auf die Datei INFERNO.«

»Autorisierungscode?« schnappte der Würfel.

»Weiter Abschlag«, erwiderte Harris gehorsam. Skudder blickte verwundert, und Charity mußte gegen ihren Willen lächeln.

»Akzeptiert«, sagte der Würfel. »Wiedergabe oder interaktiver Zugriff?«

»Interaktiv.«

»Euer Wunsch ist mir Befehl.« Ein Auswahlmenu erschien auf dem Bildschirm.

Skudder wandte sich mit hochgezogenen Brauen an Charity.

»Möchte wissen, ob der Hersteller für die Wortwahl verantwortlich ist.«

»Prototyp«, erinnerte sie ihn. »Die Techniker in den großen Computer-Zentren sind ziemlich seltsame Gestalten gewesen.«

Harris hatte inzwischen eine Karte auf den Bildschirm werfen lassen. »Okay«, sagte er geschäftsmäßig. »Das ist das Mare Moscoviense, unser Operationsgebiet, und da ist MacDonald-Basis.« Er deutete auf eine Markierung, die sich ziemlich genau in der Mitte der Region befand.

»Was verbirgt sich dahinter nun wieder für ein Unsinn?« fragte Skudder.

»Die Namensgebung MacDonalds«, dozierte der Würfel, »geht auf einen Scherz der Montagetrupps zurück. Das Gelände ist von der Sowjetunion kartographiert und benannte worden. Die Basis wurde von amerikanischen Space-Force-Truppen errichtet. Das Gelände trug damals den Codenamen ›Roter Platz‹, weil es die größte Ebene auf der Rückseite des Mondes ist.«

»Und?« fragte Skudder.

»Die vollständige Redewendung«, erläuterte der Würfel geduldig, »besagte, daß man sich freue, ein MacDonald auf dem Roten Platz errichten zu können.«

»MacDonald?«

»Archaische amerikanische Schnellimbißkette, die . . .«

»Ausgabe unterbrechen«, sagte Harris, der leichte Anzeichen von Ungeduld zeigte.

»Sehr wohl.«

»Ich erkläre es dir«, versprach Charity. »Bei Gelegenheit.«

»Um nun auf die Basis zurückzukommen«, sagte Harris

betont deutlich, »in den letzten acht Jahren vor der Invasion ist MacDonald zur größten Bergwerksanlage auf dem Mond ausgebaut worden. Der lange zurückliegende Einschlag und der nachfolgende Austritt von Magma haben große und leicht zugängliche Erzlager entstehen lassen, die im Tagebau ausgebeutet wurden. MacDonald war vor dem Krieg die umfangreichste Anlage der Vereinigten Staaten, und die Space Force unterhielt dort eine ausgedehnte Anlage zur Waffenentwicklung.« Er wandte den Kopf wieder zum Würfel.

»Übersichtskarte«, sagte er. Diesmal gehorchte der Würfel schweigend. Charity fragte sich unwillkürlich, ob er sich einem Programm gemäß an den Sprecher anpaßte und dessen Gewohnheiten annahm. Sie nahm sich vor, den Würfel nicht längere Zeit in die Hände Gurks zu geben. »Insgesamt wurden zwei sogenannte Massetreiber errichtet.« Er bemerkte Skudders Blick und kam der Frage zuvor, vermutlich um eine weitere Auseinandersetzung mit 370/98 zu vermeiden. »Das sind große Magnetschienenbahnen, mit denen Frachtschiffe in eine Mondumlaufbahn katapultiert werden konnten.«

»Schienen?«

Charity nickte. »Die Betonung liegt auf groß«, erklärte sie ihm. »Die Katapultstrecke hat eine Länge von achtzig beziehungsweise zweihundert Kilometern, und die Boosterschlitten haben eine Kapazität von mehreren hunderttausend Tonnen.«

»Das ist etwa so, als wenn man einen Öltanker mit Raketen antreibt, um ihn über einen Staudamm zu werfen«, verdeutlichte Harris. »Die Kraftwerksanlage umfaßt drei Fusionsreaktoren, und die Energie wurde in großen Speichern über Monate gesammelt, um einen Start zu ermöglichen. Die kürzere Bahn behandelte Transportschiffe wie dieses . . .« Er verzog das Gesicht, als ihm einfiel, daß die HOME RUN wenig gemeinsam hatte mit den Transportern, die dort gestartet worden waren.

»Die große Anlage transportierte große Container mit eingeschmolzenem Erz.«

»BigMacs«, warf der Würfel ein. Harris überging es zu Charitys Erstaunen. Dieser Computer war ihr ein Rätsel.

»Die Anlagen sind vermutlich voll funktionsfähig«, faßte Harris mehrere Tage fieberhafter und panischer Suche und Auswertung in der zerstörten Nordpolbasis und in Köln zusammen. »Wir haben nicht die geringste Ahnung, was die Moroni da oben eigentlich verloren haben. Vielleicht waren sie an den Kraftwerken interessiert. Die Reaktoren sind wahrscheinlich die letzte intakte Kraftquelle dieser Art, und die Uranlagerstätten garantieren ihnen Brennstoff für eine lange Zeit, aber ich weiß nicht, was sie mit der ganzen Kapazität eigentlich anfangen wollen.«

»Sicherlich keinen Bergbau betreiben«, warf Skudder ein.

Harris nickte. »Vermutlich haben die Moroni die Anlagen umgebaut und die Kapazität noch gesteigert. Wir haben keine aktuellen Bilder.« Er deutete auf die Übersichtskarte, die im Norden drei Kraftwerke zeigte, die große und die kleine Schleife von etwas, das aussah wie eine riesige Achterbahn, und ein großes Landefeld sowie eine Menge Kleinkram, der sich bei näherer Betrachtung als Fährenstartrampen, Treibstofflager, Wohnbaracken und unterirdische Hangars erwies. »Und die Nachricht sagte nichts darüber aus, was sie dort eigentlich treiben. Nur, daß es gefährlich sei.«

»Ich weiß«, sagte Charity. »In welchem Zustand war die Basis, nachdem die Moroni sie eingenommen haben?«

Harris zuckte die Achseln und sah den Würfel an. Charity bemerkte erst jetzt das runde Kameraauge an der Frontseite.

»Keine Unterlagen«, sagte der Würfel.

»Warum?«

»Keine Überlebenden.« Die Antwort kam im selben

heiteren Tonfall wie die vorhergehenden Auskünfte, und Charity schauderte plötzlich.

»Wie viele Leute waren dort?« fragte Skudder.

»Nach den Akten der Sozialversicherung zweitausendeinhundertfünfundachtzig Männer und Frauen. Wünschen Sie genaue Aufschlüsselung nach Beruf, Geschlecht, Hautfarbe . . .«

»Nein, danke«, sagte sie heftig.

»Ich bin verpflichtet, Sie darauf hinzuweisen«, fuhr der Würfel ungerührt fort, »daß der Aktenstand des Sozialversicherungsamtes etwa elf Monate hinter dem aktuellen Zustand zurückblieb. Die genannte Zahl muß daher nicht den Tatsachen entsprechen.«

Niemand sagte etwas.

»Versetzungs- und Bestandsunterlagen der Space Force liegen nicht vor«, schloß 370/98 seine Ausführungen.

»Wieviel von diesem Mist steckt in dieser Kiste noch drin?« fragte Skudder plötzlich.

»Der Inhalt des Festdatenspeichers beträgt 98.2 Terabyte bei einer Kapazitätsauslastung von . . .«

»Ausgabe unterbrechen«, sagte Harris. »Falls wir die paar Bruchstücke der Botschaft richtig verstehen, dann sind die Moroni irgendwo dort in der Nähe. Unsere Aufgabe ist es zunächst, Informationen zu sammeln und sicherzugehen, daß wir auf die richtige Ente schießen.«

»Das heißt, wir machen genau eine Umkreisung, und wir haben einen halben Umlauf Zeit, die Bilder auszuwerten und eine Entscheidung über unser weiteres Vorgehen zu treffen.« Charity blickte auf den Bildschirm, der noch immer die Bergwerksanlage zeigte. »Verflucht knapp.«

»Wenn es die richtige Ente ist«, fügte Skudder sarkastisch hinzu, »dann wird sie wohl nicht mehr bloß dasitzen, wenn wir noch mal vorbeikommen.«

»Das ist korrekt.« Harris grinste freudlos. »Deshalb werden wir die Aufnahmen vom Boden erst an die Erde senden, bevor wir sie auswerten. Für den Fall, daß uns die Ente gar nicht mehr weglassen will.«

Charity nickte kurz. »Angenommen, es ist der richtige Vogel, und wir überleben den ersten Umlauf. Was machen wir dann?«

»Das hängt von uns ab und von dem, was wir finden.« Harris grinste. »Wir wissen ja nicht einmal, was wir eigentlich suchen.«

»Und wenn wir dahintergekommen sind?«

Er zuckte die Achseln. »Wir können weglaufen. Wir können landen und versuchen, irgend etwas zu zerstören.«

»Wie?« Sie deutete auf den Bildschirm. »Das ist ein verdammt großes Areal, und wir sind Fußgänger. Wo fangen wir mit der Suche an?«

»Hängt davon ab, wo wir runterkommen und was von uns noch übrig ist.« Harris bediente die Konsole, die vor dem Würfel stand, und das Bild drehte sich ein wenig. »Dort im Westen und Südwesten sind die Gruben. Wenn wir dort landen, können wir uns buchstäblich eingraben lassen. Da ist nichts außer diesen riesigen Robotbaggern und kilometerlangen Förderbändern, die den Abraum wegschaffen.«

»Was sind die geraden Linien?« fragte Skudder.

»Das sind Transportschienen. Die Magnetschienenbahnen bedecken das ganze Gebäude bis an die Schleifen. Wenn sie noch in Betrieb sind, dann haben wir viel größere Chancen. Wir könnten dann versuchen, die Kraftwerke zu erreichen oder die unterirdischen Speicherbänke. Oder das, was die Moroni dort errichtet haben.«

»Was?«

»Keine Ahnung.« Er zuckte die Achseln. »Schätze, wir werden es erkennen, sobald wir es sehen.«

Charity nickte besorgt.

»Diese ganze Anlage ist so gewaltig«, sagte Skudder. »Wenn die Moroni dort oben wirklich irgend etwas aufgebaut haben, das uns auf der Erde gefährlich werden könnte, dann wird es mindestens genauso groß sein. Wir könnten nur ein paar Beulen hineinbomben, mehr nicht.«

»Irrtum«, sagte Harris. »Deshalb haben wir dieses kleine Ungeheuer hier dabei«, fügte er erklärend hinzu und tätschelte die Kiste, auf der er saß. »Zwölf Megatonnen Deuterium-Tritium. Das gute Stück stammt aus einem russischen Arsenal; es war ursprünglich für Kanalausschachtungen im Ural gedacht. Bevor sich jemand Gedanken über Fallout gemacht hat. Die Moroni kamen, ehe die Russen das Baby wieder auseinandernehmen konnten.« Er lächelte den Würfel an, und zum ersten Mal zeigte sich aufrichtige Freude auf seinem Gesicht. »Und unser liebenswerter Helfer hier wird so nett sein, die Rolle des Zünders zu übernehmen.«

»Wie?« fragte Charity knapp.

»Mit ein wenig Improvisation und der entsprechenden Begeisterung für die Sache.« Harris deutete auf ein Bauteil an der Frontseite der Kiste, das im Vergleich zum angelaufenen Metall drumherum neu und sauber wirkte. »Wir haben einen Adapter gebastelt.«

Sehr zuverlässig, dachte Charity mißmutig. Ich vertraue diesem sogenannten Adapter genausowenig wie den Leuten, die ihn gebastelt haben.

»Einen Moment mal«, sagte Skudder, der unwillkürlich einen Meter zurückgewichen war. »Das da ist eine Bombe?«

»Aber natürlich«, sagte Harris liebenswürdig. »Eine erstklassige Wasserstoffbombe aus sowjetischer Produktion, solide und zuverlässig, nicht dieser neumodische Moroni-Schnickschnack.« Er warf dem Indianer einen Blick zu, und an seinen Augenwinkel zeichneten sich winzige Falten ab. »Ich verstehe, man hat versäumt, Sie über unsere Fracht zu unterrichten.«

Charity seufzte und ignorierte den düsteren Blick, den ihr Skudder zuwarf. »Mach nicht so ein Gesicht«, sagte sie. »Wie transportieren wir das Ding?«

»Keine Ahnung.« Harris schien sich großartig zu amüsieren. »Ich glaube, bei diesem Unternehmen ist zuviel gehandelt und zuwenig geplant worden. Notfalls werden wir sie tragen müssen.

»Nichts leichter als das«, murmelte Skudder.

»Auf dem Mond wird es leichter sein«, erwiderte Harris. »Ziemlich genau fünf Sechstel leichter. Wir haben diesen Transportschlitten außen an der Hülle, den wir aus einem havarierten Moroni-Gleiter gebaut haben.«

Charity nickte. »Wieviel von unserer Ausrüstung ist eigentlich auf der Hülle, und wieviel bei uns im Inneren?«

»Das meiste ist draußen. Tut mir leid, aber während Sie in Köln waren, hatten wir ein paar Probleme mit dem Umbau. Es war wesentlich weniger Platz hier im Inneren als erwartet. Die Jared sind wohl mit der Moroni-Konstruktion nicht so vertraut, wie sie sagen.« Er grinste. »Ganz zu schweigen von militärischer Taktik und Planung. Ich bin ganz froh darüber, daß wir sie nicht bei uns haben.«

»Ja«, stimmte Charity einsilbig zu. Das war ein Streitpunkt gewesen, und ein Grund, warum sie vom Pol aus nach Köln geflogen war, um sich die Daten über MacDonald persönlich zu holen. Seit Stone innerhalb der Jared aufgestiegen war, vertraute sie ihren seltsamen Verbündeten noch weniger als den Moroni. In Köln hatte sie ein wenig Ruhe zum Nachdenken gehabt, aber während ihrer Abwesenheit waren am Pol einige Entscheidungen getroffen worden, die ihr nicht gefallen hatten.

So, wie es Stone nicht gefallen hatte, daß sie keine Jared an Bord genommen hatte.

Sie dachte an Hartmann, dessen Sachverstand ihr jetzt fehlte. Eine Pilotenausbildung befähigte sie dazu, Soldaten und Ausrüstung von A nach B zu transportieren, aber sie half ihr wenig dabei, sicherzustellen, daß hinterher auch etwas von B nach A zurücktransportiert werden konnte. Und sie dachte an Kyle. Es war dringend an der

Zeit, einem Jared einige Fragen über die Jared zu stellen, aber es gab nur einen Jared, dessen Antworten sie zumindest ansatzweise Vertrauen schenken würde. Sie verzog unwillkürlich das Gesicht zu einem Lächeln. Es war wohl typisch für diese wirren Zeiten, daß sie ausgerechnet einem Mann vertraute, der schon alles gewesen war, Mensch, Moroni und schließlich Jared, und dessen Menschlichkeit von Beginn an in Zweifel zu ziehen war.

Sie sah auf und bemerkte Skudders besorgten Blick. »Ich bin nur müde«, beruhigte sie ihn. »Laß uns ein paar Stunden schlafen.«

2

Auf den ersten Blick sah es wie ein gewaltiger Wirbelsturm aus, eine Spirale aus dunklen Wolken, die zum Rand hin im Sonnenlicht wie weiße Watte wirkten. Der Gleiter schwankte, als sie von Turbulenzen erfaßt wurden, und Governor Stone mußte sich an seinem Sitz festhalten.

»Kaum zu glauben«, sagte er.

»Was?« fragte Gurk, der nicht weit entfernt zwischen einer großen Zahl von Meßgeräten hockte, von denen jedes einzelne mehr Platz einnahm als er selbst.

»Dieser Zyklon«, erklärte Stone. »Er wird von denselben Kräften geformt wie jeder kleine Strudel in einer auslaufenden Badewanne, und er sieht genauso aus.« Aber war das nur die halbe Wahrheit. Der Wirbelsturm war da, weil die Corioliskräfte die nach Norden stürzenden

Luftmassen in eine spiralförmige Bewegung zwangen, und die Luftmassen bewegten sich nach Norden, da über dem Pol eine Tiefdruckzone entstanden war, wie es sie in dieser Ausdehnung noch nie zuvor auf der Erde gegeben hatte. Der Ursprung der Tiefdruckzone dagegen hatte überhaupt nichts mit Wetterfronten und ungleichmäßiger Erwärmung zu tun. Die gewaltige, zwölf Kilometer hohe Turbine aus Wolken, Wasser und Luft, die sich dem Gleiter rasch näherte, wurde von ganz anderen Kräften angetrieben als der schwachen Polarsonne.

»Natürlich«, versetzte Gurk mit ätzender Stimme. »Überhaupt kein Unterschied, abgesehen davon, daß Ihr sogenannter Zyklon zweihundert Kilometer Durchmesser hat und daß der Abfluß ein vier Kilometer großes Loch in der Wirklichkeit ist, in dem jede Minute ein Teil der Atmosphäre Ihres Planeten auf Nimmerwiedersehen verschwindet, Stone. Von Eis, Meerwasser und Felsgestein einmal ganz zu schweigen.«

Der Gleiter schwankte noch einmal heftig, und der Jared-Pilot zog die Maschine ohne Kommentar auf einen sicheren Kurs. Zwei andere Gleiter bewegten sich auf der bisherigen Bahn weiter, dem Wirbelsturm entgegen. Die Piloten hatten den Befehl, sich in den Wirbelsturm hineintragen zu lassen, um den elektronischen Augen an Bord einen Blick auf die Quelle des dunklen Infernos aus Regenwolken und Sturmfronten zu gewähren. Niemand erwartete, die beiden *Ameisen* jemals wiederzusehen, aber anscheinend machte das für die sich immer rascher ausbreitende Jared-Gemeinschaft keinen großen Unterschied. Die Jared-Gleichgültigkeit gegenüber einem einzelnen Leben übertraf Stones in Jahrzehnten erworbene Kaltschnäuzigkeit bei weitem. Er mußte sich beim Anblick einer *Ameise* gewaltsam daran erinnern, daß es sich nicht mehr um Moroni handelte, denen er diente, sondern um ein Kollektiv ganz anderer Art, das auf seine Art sehr viel hellsichtiger und aufmerksamer war, als es die Moroni und ihre verborgen gebliebenen Herren jemals gewesen waren.

»Wir hätten Satelliten einsetzen sollen«, sagte er, als der Gleiter wieder zu schlingern begann.

»Die Wolkendecke hat sich über dem Pol vollkommen geschlossen«, schnappte der Zwerg. »Wir haben oft genug darüber diskutiert. Achten Sie lieber auf die Übertragung. Ich habe keine Lust, diese Besichtigungstour wiederholen zu müssen, nur weil der Kontakt zu den Beobachtern verlorengegangen ist.«

Kein Wort über die beiden Beobachter, die ganz sicher verlorengehen würden und die bei einer Unterbrechung der Funkverbindung ganz umsonst in den Wirbelsturm hineingeschickt worden wären. Stone wandte sich achselzuckend wieder der Konsole zu. Er traute Gurk nicht über den Weg. Seit die Jared Gurk mit der Aufgabe betraut hatten, das Loch am Pol zu schließen, war der Zwerg die meiste Zeit unausstehlich gewesen. Hinzu kam, daß er Stone inzwischen weit überflügelt hatte, was die Jared-Auffassung von Nützlichkeit betraf; also hatte sich der Governor nach kurzer Zeit als Handlanger eines mißgelaunten Zwergs wiedergefunden, nur ein paar Tage, nachdem Charity Laird zum Mond gestartet war. Inzwischen argwöhnte er, daß man ihn benutzt hatte, um Charity aus dem Weg zu schaffen, und daß er seinen Wert für die Jared in dem Moment verloren hatte, in dem ihr Schiff vom Boden abgehoben hatte. Er nahm sich vor, sich die rätselhafte Botschaft bei Gelegenheit noch einmal anzusehen, die der Anlaß für das ganze Unternehmen HOME RUN gewesen war.

»Die Übertragung wird schwächer«, sagte er. Ein Regenschauer klatschte gegen die Scheiben im Cockpit. »Wir müssen die Entfernung verringern.«

Gurk reagierte mit einem lästerlichen Fluch. »Das heißt, weiter in den Sturm hinein.« Er reckte sich und machte den Piloten auf sich aufmerksam. »Halte den

Abstand zu den Beobachtern«, rief er. »Bleib auf derselben Bahn wie sie, okay?«

Der Jared ließ mit keinem Wort erkennen, ob er die Anweisung verstanden hatte oder was er davon hielt, sein Leben zu riskieren. Zwei Zangenpaare bewegten sich mit augentäuschender Schnelligkeit auf der Konsole, die von menschlichen Händen nur mühsam bedient werden konnte, und der Gleiter kippte scharf zur Seite und folgte den beiden silbernen Scheiben, die vor ihnen in einem riesigen Gewölbe aus Regenwolken verschwanden. Gleich darauf hatte die schwarze Barriere sie verschluckt.

Stone richtete hastig die Augen wieder auf die Funkanlage. »Wozu riskieren wir unseren Hals?« fragte er. »Ich meine, was nützt es uns, genau zu wissen, wieviel das Loch inzwischen gewachsen ist? Ich sehe von hier aus, was es anrichtet.«

»Es wird nicht einfach größer«, sagte Gurk. »Da steckt ein Muster dahinter, und wenn wir das Muster nicht verstehen, dann haben wir keine Chance, dieses Loch jemals zu stopfen. Nicht einmal, wenn wir Ihren Hintern dazu benutzen würden, Stone.«

»Und was passiert, wenn wir nicht dahinterkommen?« fragte er und ignorierte die Bosheit. Gurk war ausgesprochen zugänglich auf diesem Flug, und vielleicht war dies die Gelegenheit, ein paar Informationen zu bekommen. »Dann ist die Aufführung zu Ende«, sagte Gurk einfach. »Unsere idiotischen Freunde haben einen schweren Fehler begangen, als sie die Black-Hole-Bombe im Transmitter explodieren ließen.« Er deutete mit spitzem Finger auf Stones Hose. »Das ist ungefähr so, als wenn Sie den Reißverschluß da ein Stück aufgerissen hätten, Stone. Sie können noch soviel daran herumbasteln, die Öffnung wird immer größer werden, und jedesmal, wenn Sie mit den Fingern daran herumzerren, schnappen noch ein paar Zähne auseinander, und am Ende stehen Sie nackt da.« Der Zwerg grinste unverschämt. »Bildlich gesprochen.«

»Es macht richtig Spaß, schlechte Nachrichten zu überbringen, was?« sagte Stone und ärgerte sich im nächsten Moment über sich selbst. Ein Windstoß traf den Gleiter wie eine tonnenschwere Faust, und Gurk mußte sich an seiner Konsole festhalten.

»Nun«, sagte er gutgelaunt, »es ist nicht mein Planet, nicht wahr? Ich habe gleich gesagt, daß es ein Fehler war. Und ich habe recht behalten.«

Erstklassige Grabinschrift, dachte Stone, hütete sich aber wohlweislich, es auszusprechen. »Und was ist mit diesem Ring, den die Jared bauen?«

Gurk sah nach draußen. Der heftige Regen lag wie ein dichter Schleier auf den Glasscheiben. »Sagen wir, sie *könnten* Glück haben«, sagte er.

»Was soll das heißen?«

Der Zwerg fixierte Stone mit diesem starren Blick, der ihn nachhaltig daran erinnerte, daß er keinen deformierten Menschen vor sich hatte, sondern ein fremdes Wesen, dessen Fähigkeiten und Möglichkeiten er überhaupt nicht abschätzen konnte.

»Die Jared tun das einzige, was sie noch tun könnten«, sagte Gurk. »Das, was ich ihnen geraten habe. Sie bauen einen Transmitter.«

»Noch einen Transmitter?« fragte Stone ironisch, bevor er die Worte richtig verstanden hatte. Dann stockte ihm sekundenlang der Atem. Der Ring, von dem er so leichtfertig gesprochen hatte, zog sich Dutzende von Kilometern über die arktischen Eismassen. Hunderttausende von Moroni-*Ameisen*, die während des Krieges in die Jared-Gemeinschaft aufgesogen worden waren, einige tausend als Jared geborene *Ameisen* und vermutlich ebenso viele Menschen arbeiteten mit Moroni-Maschinen und den Resten menschlicher Technologie seit Wochen fieberhaft daran, die einzelnen Segmente eines gewaltigen Rings aus Metall und Maschinen miteinander zu verbinden. Die wirklich schweren Arbeiten wurden von zwölfbeinigen

Läufern verrichtet, den gewaltigen Schrottsammler-Maschinen, mit denen die Moroni die Überreste der menschlichen Vorkriegs-Zivilisation geplündert hatten. Allerdings kamen ihm diese Maschinen längst nicht mehr so groß vor wie früher, seit er die Transportgleiter gesehen hatte, mit denen die Läufer in die Arktis gebracht worden waren. Inzwischen hatten die Wolkenmassen die gewaltige Baustelle unter sich begraben, die Flugverbindungen waren fast völlig lahmgelegt, und die ständigen Erschütterungen hatten das Bauwerk mehrmals schwer beschädigt. Der Zeitpunkt war absehbar, an dem der Ring ebenso schnell zerstört werden würde, wie er errichtet werden konnte, und jeden Tag starben Jared bei dem Versuch, diesen Wettlauf zu gewinnen.

Bei dem Versuch, einen Transmitter zu bauen. Stone sah das boshafte Lächeln des Zwergs und begriff, daß Gurk ihn durchschaut hatte und das Schauspiel sichtlich genoß. »Wozu soll das gut sein?« fragte er schließlich. »Willst du das Loch mit dem Transmitter an einen anderen Ort versetzen?«

Gurk verdrehte die Augen. »Ich bin von Dilettanten umgeben«, jammerte er, »die das Werk eines Künstlers nicht zu würdigen wissen.« Er beugte sich zu Stone herüber und tippte ihm mit seinem übertrieben langen Zeigefinger auf die Brust. »Es gibt keine Transmitter, Dummkopf. Hast du das immer noch nicht begriffen? Diese beeindruckenden Ringe, die Maschinenanlagen, die Kraftwerke ... alles nur Brimborium. Mummenschanz. Das ganze Zeug dient nur dazu, etwas zu manipulieren, das in Wahrheit schon immer da war, überall um uns herum, seit den ersten Millionstel Sekunden nach dem Urknall. Die Wirklichkeit hat unzählige Löcher, Myriaden davon in jedem Kubikzentimeter. Man muß nur genau genug hinsehen.« Er lehnte sich wieder zurück und grinste Stone triumphierend an. »Das Problem besteht ausschließlich darin, sie *groß* genug zu machen.«

Stone dachte einen Moment darüber nach. Er erinnerte sich vage an physikalische Theorien aus der Zeit vor der Invasion, irgendwelchen Unsinn über Wurmlöcher und eine Raumzeit, die aus mikroskopisch feinem, schäumendem Käse gemacht war, und beschloß, die Behauptungen des Zwergs einfach hinzunehmen.

»Nun, das zumindest haben wir geschafft«, sagte er und deutete auf den Wirbelsturm, in den sie immer noch hineinflogen.

Gurk lachte böse. »Das kann man sagen. Nicht einmal die Moroni und ihre Manipulatoren haben es gewagt, ein so großes Tor zu öffnen. Sie hätten nicht einmal die Energie erzeugen können, die dafür notwendig wäre. Diese idiotischen Jared dagegen ...« Er schüttelte die Faust gegen die Piloten-*Ameise*, die ihn vollkommen ignorierte. »Nun, die Black-Hole-Bombe hat wahrlich Energie genug geliefert. Das Problem besteht darin, ein vorhandenes Loch auf einen Durchmesser zu weiten, den man mit bloßem Auge erkennen kann, damit es zu irgend etwas nützlich ist. Danach benötigt man sehr viel weniger Energie, um es offen zu halten, und praktisch keine, um es wieder zu schließen. Schaltet man den Transmitter ab, dann schließen sie sich von ganz alleine.«

»Wie man sieht«, sagte Stone und blickte vielsagend auf die blinden Sichtscheiben.

»Dieses Ungeheuer da draußen versorgt sich selbst«, erklärte Gurk. »Es verschlingt Millionen Tonnen Materie und ernährt sich davon, und es nimmt so viel in sich auf, daß es noch größer wird, um noch mehr zu schlucken. So geht das immer weiter. Keine Materie übersteht den Übergang, was auf der anderen Seite ist, wird in Energie umgesetzt, und ein Teil davon erreicht die andere Seite nicht, sondern bleibt hier. Deshalb ist das Loch stabil. Die einzige Chance besteht darin, es mit einem Transmitter zu umgeben und aus dem Gleichgewicht zu kippen, damit es in sich zusammenfällt.«

»Klingt großartig«, sagte Stone nach ein paar Sekunden. Ein weiterer heftiger Schlag traf den Gleiter, und der Jared im Cockpit entfaltete plötzlich hektische Aktivitäten. »Und wo ist der Haken?«

»Da gibt es eine ganze Reihe davon«, sagte Gurk, und seine Stimme hatte jedes Anzeichen von Spott verloren. »Der Ring muß rechtzeitig geschlossen sein, sonst schluckt das Loch unseren halbfertigen Transmitter genauso achtlos wie alles andere. Und es wird eine Menge Energie notwendig sein, um das Loch zusammenfallen zu lassen.« Er grinste freudlos. »Die Stromrechnung ist allerdings kein Problem, denn wir werden diese Energie beim Kollaps zurückbekommen.«

»Erfreulich«, murmelte der Governor, dem das herzlich gleichgültig war.

»Tatsächlich werden wir den größeren Teil der Energie zurückerhalten, den das Loch bis jetzt in sich aufgenommen hat«, fuhr Gurk fort, und sein diabolisches Grinsen kehrte zurück. »Ich glaube nicht, daß wir es schaffen werden, auch nur einen nennenswerten Teil davon abzuleiten.«

»Und?« fragte Stone, der das Gefühl hatte, die Pointe nicht verstanden zu haben.

»BUMMM!« machte Gurk, und er zuckte zusammen.

»Hunderttausende Tonnen Materie«, verdeutlichte der Zwerg nach einem Moment, »umgesetzt in Energie. Das wird ein ziemlich lauter Knall.« Er lachte keckernd. »Man könnte ohne weiteres die Sonne damit heizen.«

Jemand schlug ihr auf den Kopf. Mit einem gemurmelten Fluch griff sie nach ihrer Waffe. Im nächsten Moment war sie wach genug, im rötlichen Halbdunkel die Querstrebe zu erkennen, an der sie sich gestoßen hatte.

»He, was ist los?« fragte Skudder schlaftrunken.

Sie schüttelte den Kopf, sog dann Luft zwischen den

zusammengebissenen Zähnen ein, als die Kopfschmerzen begannen. »Nichts«, sagte sie wütend. »Ich habe mir den Kopf gestoßen.«

»Warum?« lallte der Indianer zusammenhanglos.

»Schien eine gute Idee zu sein«, antwortete sie bissig. »Vergiß es.« Sie befreite sich halb von ihrem Schlafsack, der in der Schwerelosigkeit an ihr haftete wie der Kokon einer Seidenraupe, und achtete darauf, den Kopf von dem Trägergewirr fernzuhalten. Skudder war schon wieder eingeschlafen. Dieser Riesenkerl hat ein Gemüt wie ein Kind, dachte sie mit einem plötzlichen Anflug von Zärtlichkeit. Dann fiel ihr ein, warum sie sich den Kopf gestoßen hatte, und ihre gute Laune verschwand. Unwillkürlich begann sie zu zittern.

»Alles in Ordnung?« fragte jemand leise, einen halben Meter über ihr. Harris spähte zwischen den Streben zu ihr herüber.

»Ja«, antwortete sie im selben unterdrückten Tonfall. »Ich hatte einen schlechten Traum.«

»Worum ging es«, erkundigte sich Harris interessiert.

»Den Pol«, antwortete sie knapp.

»Oh«, machte er und sagte nichts weiter. Vor ihrem inneren Auge sah sie wieder den Mahlstrom, der seinen Umfang in den letzten Wochen stetig vergrößert hatte, begleitet von katastrophalen Verwerfungen in den Eismassen und sogar im Erdboden selbst, tief am Meeresgrund. Niemand kannte die Ursache für die plötzliche Erschütterung, die das Gefüge der Raumzeit selbst getroffen hatte. Gurk hatte versucht, es ihr zu erklären, und nach seinen Worten war es der Raum selbst, der bewegt, verbogen, verworfen und schließlich zerbrochen worden war. Die Materie, ganz gleich ob Eis, Felsen, Luft und Wasser, wurde einfach mitgerissen und folgte der Verformung des Raumes, und was übrig blieb, verschwand in dem Loch in der Wirklichkeit, das sie nicht mehr verschließen konnten. Die Jared hatten die Überreste der alten Kontrollstation eingenommen, und sie waren fieberhaft damit beschäftigt, irgendwelche Maschinen aufzubauen, nach den Plänen der Moroni und den Ratschlägen Gurks, der dieses Unternehmen zu seinem eigenen, ganz persönlichen Kreuzzug gemacht zu haben schien. Sie wußte nicht, wie viele Leben, Moroni und Menschen, der Mahlstrom bereits gefordert hatte, aber die Situation war zunehmend außer Kontrolle geraten. Nicht zuletzt deswegen hatten sie die HOME RUN vor der Zeit in die Umlaufbahn gebracht, die trotz Moroni-Abfangschiffen und Minen immer noch sicherer war als die Überreste der Ausläufer der Schwarzen Festung.

Gurk war ein Teil ihres Traums gewesen. Seltsamerweise hatte sie der Zwerg mehr erschreckt als die gewaltige Katastrophe, die in den Ruinen der Schwarzen Festung tobte.

Mißmutig wollte sie sich wieder in ihren Schlafsack hineinwinden, als sie plötzlich ein seltsames Geräusch hörte. Es klang wie ein kleines Kätzchen, das leise miaute und dabei ein Pfund Glasscherben zwischen seinen Zähnen zermalmte.

Unwillkürlich richteten sich ihre Nackenhaare auf, und sie bekam eine Gänsehaut.

»Was war das?« fragte Skudder neben ihr, und seine Stimme klang diesmal überhaupt nicht mehr verschlafen. Am Rande ihres Bewußtseins bewunderte sie seinen Instinkt, unwichtige von wichtigen Geräuschen zu unterscheiden. Ihr Blick raste durch das Zwielicht, tastete nach den Silhouetten von Dubois und Henderson, die an ihren Konsolen saßen und nichts bemerkt hatten, dann nach den Soldaten, die sich nicht bewegten.

»Ich weiß nicht«, sagte sie hastig. Aus den Augenwinkeln sah sie, wie Harris seinen Schlafsack auf ganzer Länge öffnete und herausstieg. Er trug das unvermeidliche T-Shirt, dessen Witz sie noch immer nicht begriffen hatte.

»Haben Sie das auch gehört?« fragte er; seine Stimme klang todernst.

Sie nickte nur. Skudder richtete sich entschlossen auf.

»Was zum Teufel war das?« fragte er noch einmal. »Das kann doch keine Maschine gewesen sein.«

»Keine, die ich kennenlernen möchte«, versetzte Harris. Charity dachte an den Würfel, hielt aber den Mund. Sie versuchte sich zu erinnern, was sie gehört hatte, und wie.

»Es kam von unten«, sagte sie schließlich und zeigte auf die Plattformfläche, die die Jared eingezogen hatten.

»Wie passend«, meinte Harris halblaut. Skudder sagte nichts, stieg nur in die Stiefel mit den Magnetsohlen. Sie folgte seinem Beispiel.

Sie tippte die Sprechanlage an, die an den Trägerstreben befestigt war. Irgendwo über ihnen piepte es leise.

»Brücke«, meldete sich eine leise Stimme.

»Dubois«, sagte sie leise. Ihr Kopf bewegte sich im Halbdunkel. Sie sah zu ihnen herunter. »Haben Sie irgend etwas Ungewöhnliches gehört oder gesehen?«

»Nein, nichts«, kam die verwunderte Antwort.

»Ich meine, bei den Bordsystemen.«

»Die Anzeigen sind nominal«, mischte sich Henderson ein.

»Sprechen Sie leise«, befahl Charity ungehalten. »Ich will die Soldaten nicht unnötig wecken. Hören Sie, irgend etwas stimmt hier nicht. Wenn Sie irgend etwas auf den Kontrollen bemerken, was Ihnen komisch vorkommt, geben Sie sofort Alarm.«

»Was haben Sie vor«, fragte Dubois vernünftig.

»Wir steigen runter«, sagte sie. »In den Keller. Was immer es war, es kam von dort.«

»Verstanden«, sagte sie knapp. »Wieviel Zeit soll ich Ihnen geben?«

»Wie?«

»Ich meine, falls Sie spurlos verschwinden«, präzisierte die Frau.

Na prächtig, dachte Charity und zog eine Braue hoch. »Zehn Minuten«, sagte sie dann und schaltete ab. »Schießwütig«, ergänzte sie dann und sah Skudder an, der wortlos nickte. »Aber das ist vielleicht kein schlechter Gedanke.« Sie zog die Waffe und entsicherte sie. Die beiden Männer taten es ihr nach. Harris stieß einen kleinen Scheinwerfer in ihre Richtung und nahm eine zweite Lampe in die Hand, gerade als sie ihre eingefangen und eingeschaltet hatte. Der abgeblendete Lichtkegel zeichnete eine blasse weiße Ellipse auf die Bodenplatten. Vor der Luke blieben sie stehen. Charity sah ihre Begleiter an, bückte sich dann mit einem Achselzucken und entriegelte die Luke selbst. Um sie zu öffnen, mußte sie den Scheinwerfer loslassen. Das Gerät driftete langsam weiter, und der Lichtkegel wanderte behäbig über die Maschinenblöcke, die im Keller sichtbar wurden, zeichnete gespenstische Schatten und Konturen. Sie fing die Lampe wieder ein und kauerte sich neben die offene Luke. Angespannt horchte sie.

»Nichts«, sagte Skudder nach einer Weile. Sie nickte, vertraute seinem scharfen Gehör. Ihre eigenen Ohren hatten in letzter Zeit arg unter Explosionen und anderem Lärm gelitten, und in einer längst vergessenen Zeit unter zuviel lauter Musik. Die beiden wandernden Lichtkegel brachten keine Überraschungen zu Tage, nur das erwartete Moroni-Chaos.

»Na schön«, sagte sie. »Gehen wird.«

Gehen war zuviel gesagt. In der Schwerelosigkeit war es immerhin möglich, sich mit Händen und Waffe zuerst durch die Luke zu manövrieren, anstatt mit dem Hintern voran in eine unbekannte Situation zu rutschen. Sie überließ Skudder die Lampe und wand sich in einem eleganten Bogen durch die Öffnung. Dann hing sie wie eine Fledermaus an der Unterseite der Zwischendeck-Plattform, während Skudder und Harris ihr folgten. Schweigend sahen sie sich um. Es gab drei große Blasen, Treibstofftanks, zwischen denen sich klobige Maschinen und seltsam geschwungene Rohrleitungen befanden. Es gab ein paar Bauteile, die wie mannsgroße Blasebälge wirkten, und dazwischen ein paar enge Durchgänge zu weiteren Höhlungen im Maschinenteil, die sie von ihrer Position aus nicht einsehen konnten. Das meiste Licht kam nicht von den eng begrenzten Lichtkegeln der heruntergeschalteten Lampen, sondern als rötlicher Schimmer von oben. Sie übersah ein dunkel gefärbtes Rohr und stieß sich an dem eiskalten Metall erneut den Kopf.

»Verdammt noch mal«, fluchte sie, »dieses Loch ist beleuchtet wie ein Bordell.«

»Wie was?« fragte Skudder geistesabwesend.

»Nichts«, sagte sie und unterdrückte ein Auflachen. Es hätte zu leicht ein hysterisches Kichern darauf werden können. »Es ist einfach viel zu *eng* hier drin.«

»Ich finde, die Beule steht dir«, versetzte Skudder boshaft.

»Herzlichen Dank«, murmelte sie. Die Lichtkegel wanderten weiter, zogen gleichmäßige Kreise, verharrten an unübersichtlichen Stellen und glitten dann hastig weiter, damit keine Teile der Dunkelheit um sie herum zu lange unbeobachtet bleiben konnte.

»Ich habe keine Lust, dieses Loch zu durchsuchen«, sagte Harris, und seine Stimme klang plötzlich ein wenig belegt.

»Ziemlich warm hier unten«, bemerkte Skudder gelassen. Die Metallwände reflektierten das Lampenlicht, und sein Gesicht wirkte vollkommen konzentriert.

»Stimmt«, sagte Charity. »Ich habe es nicht so warm in Erinnerung.«

»Die Maschinen laufen schon eine Weile«, versetzte Harris. »Vielleicht haben sich ein paar Streben verspannt.«

»Eine Verspannung macht nicht solche Geräusche«, erwiderte Charity. Kurz entschlossen stieß sie sich von der Decke ab und zog sich an einen der Durchstiege in die tiefergelegenen Zwischenräume heran. »Leuchtet mal hierher.«

Skudder folgte ihr. »Was ist da unten?«

»Energiespeicher«, erklärte Harris hinter ihnen. »Ich habe während der Umbauten gesehen, wie sie da unten herumgemacht haben. Diese Blasebälge hier sind neu, Teil der Luftversorgung, glaube ich.«

»Wie ist das, es wärmen sich Moroni-Energiespeicher, wenn man sie entlädt?« Charity warf Skudder einen Blick zu; der Indianer schüttelte stumm den Kopf.

»Keine Ahnung«, antwortete Harris überflüssigerweise.

»Schade«, sagte Charity.

»Wieso?«

»Weil wir jetzt nachsehen müssen«, stellte sie mit mehr Enthusiasmus fest, als sie empfand. »Gebt mir Deckung.« Sie wartete die Antwort nicht ab, sondern wand sich durch den engen Durchlaß. Mehrmals blieb sie an einem Vorsprung hängen. Irgendwie schaffte sie es, den Gedanken an eine plötzliche Bedrohung aus der Dunkelheit zu verdrängen.

Dann war sie auf der anderen Seite. »Du hast zu viele schlechte Filme gesehen«, murmelte sie.

»Was?« fragte Skudder besorgt.

»Nichts«, antwortete sie laut. »Sieh zu, daß du hinterherkommst.« Sie gestattete sich ein Grinsen. Tatsächlich schaffte er es rascher als sie und mit mehr Eleganz. Sie hatte sich kaum umsehen können, als er schon neben ihr war. Das Lampenlicht tanzt über ein paar Gebilde, die wie metergroße Korallenfächer aussahen, und ein paar großer Tanks, die in der Mitte des freien Raumes hingen.

»Die Energiezellen«, sagte Harris, der ihnen mühsam gefolgt war, und deutete auf die pilzförmigen Tanks. Charity näherte sich vorsichtig und berührte die Oberfläche mit der Hand.

»Angenehm kühl«, sagte sie. »Woher kommt diese verdammte Wärme?«

»Hier drüben«, sagte Skudder. Der Indianer kauerte über einer ineinander verwobenen Masse von mindestens zwei Dutzend dicken Schläuchen, die aussahen, als seien sie mit Spinnenweben bedeckt, und die sich zu einer Handvoll Blasen von bis zu einem halben Meter Durchmesser verdickten. Bei näherer Betrachtung erkannte sie, daß die Spinnweben feine Kapillaren waren, die die einzelnen Schläuche miteinander verbanden. Sie streckte die Hand aus. Die Stränge waren ekelerregend weich, und sie pulsierten unregelmäßig. Eine deutlich spürbare Hitze lag über den gummiartigen Windungen.

»Was ist das?« fragte sie angewidert.

»Ich weiß es nicht«, sagte Harris. »Vielleicht die Wasseraufbereitung.«

Der Gedanke ließ Übelkeit in ihr emporsteigen. »Noch andere Vorschläge?«

»Ich habe dieses Bauteil noch nie gesehen«, meinte Skudder. Er faßte ein unscheinbares, daumendickes Rohr, das hinter dem Schlauchgewirr senkrecht nach oben zog, und wollte sich näher heranziehen. Als sich seine Finger halb geschlossen hatten, schrie er unwillkürlich auf und zog hastig den Arm zurück.

»Verdammt«, sagte er verblüfft. »Das ist ja glühend heiß.«

Charity verkniff sich eine schadenfrohe Bemerkung. Vorsichtig streckte sie die Hand aus, berührte das Rohr aber nicht. Es war ein Gefühl wie bei einer heißen Herdplatte, die Hitze strahlte so stark, daß sie es spüren konnte. Plötzlich bemerkte sie, daß die Schläuche die unscheinbare Stange nirgendwo berührten. Es sah beinahe so aus, als sei das Gewebe zurückgewichen. Unwillkürlich zog sie sich in den freien Raum zurück. Die fünf großen Blasen, die traubenförmig in der großen Nische angeordnet waren, erinnerten sie an etwas.

»Hier sind noch zwei Stangen«, sagte Harris zwei Meter hinter ihr. »Die eine ist eiskalt, und die andere lauwarm.«

»Großartig«, murmelte Skudder undeutlich. »Warum habe immer ich soviel Glück.«

Charity ignorierte das Geplänkel. Sie starrte die großen Blasen an, die im Strahl von Skudders Scheinwerfer so wirkten, als sei das Material beinahe lichtdurchlässig. Die Behälterwände, die die Nische bildeten, waren aus mattschimmerndem Metall, dunkel und unregelmäßig, aber von ganz anderer Beschaffenheit als die weiche Masse, die zwischen ihnen angeklebt worden war. Sie sah sich um und entdeckte in zwei kleineren Nischen drei weitere Ballons.

»Ich weiß, was das ist«, sagte sie plötzlich. »Das sind Eier.«

»Moroni-Eier.« Harris fluchte laut. »Diese Idioten haben beim Umbau die verdammte Fracht übersehen.«

Skudder murmelte einen weiteren Fluch.

»Wie?« fragte Charity.

»Na, schau dich doch mal um.« Skudder breitete die Hände aus. »Wie willst du in diesem Chaos erkennen, was überhaupt hierher gehört? Das ganze Gerümpel gehört zum Antrieb oder vielleicht auch zur Heißwasserbereitung. Vielleicht haben sie die Eier für Batterien gehalten oder für Mikrowellenherde. Der Ort ist jedenfalls ideal. Hier haben sie es gemütlich warm und dunkel. Sollte mich nicht wundern, wenn wir bald ein paar Mäuler mehr zu stopfen haben.«

»Im wahrsten Sinne des Wortes«, murmelte Harris.

Charity dachte an das Nest in Köln zurück. Die Eier dort hatten anders ausgesehen, erinnerte sie sich.

»Und was machen wir jetzt?« fragte Skudder.

»Über Bord damit«, schlug Harris vor. Charity sah ihn scharf an, ohne daß er es bemerkte.

»Sehen Sie hier herüber«, sagte sie laut und deutete auf die andere Nische. »Und dort drüben. Da sind noch mehr, und vielleicht sind unten noch weitere Gäste untergebracht.«

»Mist«, lautete sein Kommentar.

»Wir werden Tage brauchen, bis wir das alles ausgeräumt haben.«

»In zwei Tagen sind wir in der Mondumlaufbahn«, versetzte sie. »Und ich habe keine Lust, mich in der Zwischenzeit mit irgendwelchen Sicherungen und Fallen auseinanderzusetzen.«

»Sicherungen?« fragte Skudder verständnislos.

»Den Moroni ist zuzutrauen, daß sie diese Eier in irgendwelche Schaltkreise eingebaut haben«, meinte Harris rasch.

»Und wer weiß, vielleicht gehören sie tatsächlich zu den Maschinen.«

Skudder nickte zögernd, während Charity wieder auf das bizarre Gelege blickte. »Aber wir können diese Dinger doch nicht einfach hier herumliegen lassen.«

»Warum nicht?« Sie näherte sich drei von den anderen Eiern und betrachtete sie aus der Nähe.

»Ja«, sekundierte Harris erleichtert. »Warum eigentlich nicht?«

»Was soll das heißen?«

»Ich habe keine Ahnung, wie kleine Moroni aussehen, Skudder, aber sie sind Kinder. Bestenfalls.«

»Verfressene, rauflustige Kinder«, schnappte Skudder. Sie sah ihn an. Er war ernsthaft wütend, und so brauchte er ein paar Sekunden, ehe er begriff.

»Im Moment sind es doch nur Eier«, sagte Harris aus sicherem Abstand. »Ich habe noch nie davon gehört, daß Eier jemandem etwas getan hätten.«

»Vielleicht«, erklärte Skudder besorgt.

Charity nickte. »Ich glaube auch, wir lassen lieber die Finger davon. Insekteneier sind eine heikle Angelegenheit, und im Moment behindern sie uns nicht.« Sie streckte die Hand aus. »Harris, geben Sie mir Ihre Lampe, und dann gehen Sie nach oben und sagen Dubois Bescheid, was los war. Sie sollen auf die Bildschirme schauen, und nicht auf diese verflixte Luke.«

Harris wirkte nicht besonders glücklich, aber warf gehorsam den Scheinwerfer in ihre Richtung. »Okay«, sagte er. »Ich schätze auch, die Moroni draußen sind gefährlicher als diese Brut hier.«

Sie wartete, bis er in dem Durchlaß verschwunden war und die Luke erreicht hatte. Das rötliche Licht sickerte durch die Spalten und Nischen zwischen den Tanks und Maschinenteilen.

»Was sollte das?« fragte Skudder, während er die Brandblasen an seinen Finger betastete. »Du willst dieses Zeug genausowenig an Bord behalten wie ich, also was?«

»Es sind ja nur Eier«, sagte sie sarkastisch.

»Wie lange noch?«

»Das«, sagte sie grimmig, »ist die entscheidende Frage. Sieh mal hier.« Sie strahlte mit der Lampe das andere Gelege an. Die drei Eier wirkten klein, kompakt, und ihre Hülle war undurchsichtig matt. »Erkennst du den Unterschied?«

»Verdammt.«

»Schätze, wer immer diesen Kuchen in die Röhre gestellt hat, er hat die falsche Temperatur eingestellt. Es könnte sein, daß wir bald eine Handvoll Probleme mehr haben als vorher.«

»Dann werfen wir sie über Bord. Oder schießen ein paar Löcher hinein.«

»Lieber nicht«, sagte sie trocken. »Der Captain schätzt es nicht, wenn in dem Schiff geschossen wird. Und es könnte sein, daß drastische Maßnahmen etwas voreilig sind.«

»Hast du Angst, die Moroni zu verärgern?« fragte er ironisch.

»Nicht ganz. Ich glaube nur nicht, daß es Moroni-Eier sind.«

»Was glaubst du denn, was sie sind?« versetzte Skudder halblaut. »Sie sehen wie Moroni-Eier aus.«

»Schon richtig«, antwortete sie. »Deshalb kann ich mir auch nicht vorstellen, daß unsere *Verbündeten* sie übersehen konnten.«

Er begriff. »Du meinst . . . verdammt.«

»Wieder richtig. Niedliche kleine Jareds. Ich glaube, jemand wollte ein Facettenauge auf uns haben.«

»Und was die Temperatur hier betrifft . . .«

». . . so war das eine kleine Panne. Ich denke, daß sich unsere *Verbündeten* besser mit Eiern als mit Raumschiffen auskennen. Vermutlich wußten sie nicht so recht, wo es warm wird in diesem verdammten Eimer. Und jetzt kommen unsere kleinen Lieblinge ein wenig vor der Zeit ins Schwitzen.«

»Sie sollten also erst nach der Landung schlüpfen.« Skudder nickte grimmig. »Einige Tage, nachdem wir das Schiff verlassen haben, vermute ich. Nicht schlecht ausgedacht. Und trotzdem idiotisch.«

»Denkst du, was ich denke?«

»Stone?«

»Ganz richtig.« Charity verzog das Gesicht. »Dieser Blödmann mit seinen fürsorglichen Intrigen wird mich noch den letzten Nerv kosten.« Sie deutete mit der Lampe nach oben. »Laß uns hier verschwinden. Bevor die lieben Kleinen schlüpfen und dich für ihre Mama halten.«

Als sie aus der Luke stiegen, stand Harris noch auf der Brücke und diskutierte leise mit Henderson. Skudder sah auf. »Sagen wir es den anderen?«

»Nein«, erklärte Charity. »Ich traue ihnen nicht. Besonders Harris nicht. Nenn mich meinetwegen verrückt, aber ich traue niemandem mehr, der in der Hand der Jared gewesen ist.« Sie warf ihm einen Blick zu. »Einschließlich dir und mir«, fügte sie hinzu, dann hakte sie sich lächelnd bei ihm ein, und sie verließen das Deck.

Keiner von ihnen bemerkte die neugierig flackernde

Bereitschaftslampe an der kleinen Kiste, die nicht weit entfernt von der Luke an der Plattform befestigt war. Der Würfel hätte schon lange etwas gegen dieses verräterische Licht unternommen, aber ohne Hände ließ sich nur wenig ausrichten.

Zum Glück waren die niedrigen Intelligenzen meistens viel zu sehr mit sich selbst beschäftigt, um auf solche Kleinigkeiten zu achten. Jared, dachte der Würfel. Also . . .

3

Für einen Moment wischte der Wind den dichten Wasserschleier von den Scheiben, und Stone konnte einen flüchtigen Blick auf das Inferno werfen, das sie umgab. Er hatte einen vagen Eindruck von etwas, das aussah wie ein riesiges Goldfischglas voll mit Tinte, bevor sich die Wolkendecke über ihnen endgültig schloß. Völlige Finsternis umgab den Gleiter, durchzogen mit einem Netz aus gleißenden Blitzen, in denen sich die Gewitterwolken entluden. Nervös tastete er nach der Atemmaske, die er an einem Riemen um den Hals trug. Das Donnergrollen bildete, abgedämpft durch die Panzerung des Gleiters, einen beständigen Hintergrund für die Geräusche des Funkgeräte, die anzeigten, daß die Übertragung trotz der Störungen noch immer weiterging. Es war ihm ein Rätsel, wie die beiden Beobachter, die elf Kilometer vor ihnen waren, in dieser Hölle hatten überleben können. Inzwischen zerrten die Sturmböen sie mit sich, und der Jared-Pilot bot die gesamte Leistung der Triebwerke auf, um ihren Sturz ein wenig abzubremsen und ihre Lage zu stabilisieren.

Gurk hockte mit leuchtenden Augen vor seine Konsole, es sah aus, als mache ihm dieser Ausflug Spaß. Tatsächlich hatte es ihm diebische Freude gemacht, zu beobachten, wie Stones Gesicht langsam, aber sicher die Farbe gewechselt hatte. Inzwischen betrachtete der Governor ebensooft die Tüte in seiner linken Hand, wie er auf die Bildschirme auf seinem Pult sah. Nicht einmal die breiten Sicherheitsgurte konnten sie noch auf den Sitzen halten, wenn die mächtigen Böen den Gleiter plötzlich absacken ließen, und jedesmal während des Sturzes hatte Stone das Gefühl, sein Magen würde ihm bis in den Mund hinaufsteigen. Er wußte nicht, wie weit sie beim letzten Mal noch von Boden entfernt gewesen waren, denn in der biblischen Finsternis um sie herum verschwamm der Unterschied zwischen Himmel und Erde vollkommen, aber er hatte den deutlichen Verdacht, daß es ziemlich knapp gewesen war.

»Das ist doch gar nichts«, rief ihm Gurk zu. »In ein paar Monaten ist das Loch groß genug, um die Erdkruste abzureißen. Die Eismassen des Nordpols schwimmen nur auf dem Meer, und am Meeresboden ist die Erdkruste nicht besonders dick. Das ist überhaupt nicht zu vergleichen mit den Kontinentalschollen. Das Loch wird wie ein gewaltiger Mahlstrom den Meeresgrund aufsaugen, und am Rand werden die Wassermassen über das Magma zusammenschlagen. Wie ein Vulkanausbruch, nur viel, viel heftiger.« Gurk lachte schrill. »Es wird Tuff und Bimsstein regnen. Haben Sie schon mal ein Stück Seife gesehen, Stone, so groß wie ein Eisberg?«

Stone verzichtete auf eine Antwort und konzentrierte sich darauf, sein karges Frühstück bei sich zu behalten.

Tatsächlich beeindruckten ihn die Katastrophenvisionen des Zwergs nicht halb so viel wie der dumpfe Walzertakt in seinem Bauch.

»Langweile ich Sie?« fragte Gurk sarkastisch.

»Ganz im Gegenteil«, murmelte Stone säuerlich. »Ich bin begeistert. Du bist voll von schönen Geschichten, was?«

»Wie bitte?« rief Gurk durch den Lärm. Ein dreifacher Windstoß schüttelte den Gleiter und enthob ihn weiterer Erklärungen. Er hielt sich die Tüte an den Mund und dachte flüchtig, daß die Situation auch ihre Vorzüge hatte.

Eine der Anzeigen flackerte plötzlich und erlosch. Die Übertragung von einem der beiden Beobachter brach zusammen. Er wartete noch ein paar Sekunden, und als der Gleiter wieder ruhiger in der Luft lag, schaltete er den Empfänger aus und wieder ein. Der Kanal blieb tot.

»Wir haben einen Beobachter verloren«, rief er. »Sieht so aus, als wäre er abgestürzt.«

»Blitzschlag«, sagte Gurk ungerührt, »oder ein heftiger Fallwind. Nun, solange wir den anderen noch haben, machen wir weiter. In dreißig Sekunden ist er nah genug herangekommen, damit wir erfahren, was wir wissen wollen.«

»Na großartig«, murmelte Stone in seine Tüte. Er riskierte einen Seitenblick auf die Bildschirme Gurks. Irgendwie schaffte es der Computer, aus dem wirren Datensalat, der ihnen vom Beobachter übermittelt wurde, das Bild eines häßlichen, dunkelgrauen Auges zu rekonstruieren, das inmitten eines wirbelnden Stroms aus weißen und hellgrauen Wolkenmassen praktisch stillstand. Bei näherem Hinsehen erkannte er die perfekt schwarze Kugel, die inmitten des Auges schwebte, völlig ungerührt von dem tosenden Wirbelsturm, der das Auge umgab.

»Wir haben eigentlich eine Menge Glück«, sagte Gurk,

der seinen Blick bemerkt hatte. »Der Wirbelsturm hält den größten Teil der Luftmassen vom Loch fern, und deshalb wächst es langsamer als erwartet. Sehen Sie hier, immer noch acht Kilometer. In diesem Zustand kann das Gebilde noch Monate verharren, ehe der Zyklon auseinanderbricht.«

Der Governor nickte nur, gebannt von dem Auge, das sich langsam unter den gewaltigen Kräften verformte, die auf die Wolken am Rand einwirkten. Zwei Lichtpunkte näherten sich langsam diesem Rand, und die Bewegung, die auf dem Bildschirm ruhig und gleichmäßig aussah, verlief in Wirklichkeit immer chaotischer. Der Jared konnte die Fluglage des Gleiters nur mühsam stabil halten, nachdem er die Scheibe um dreißig Grad auf die Seite gekippt hatte, eine Lösung, die Stones Magen nicht gerade beruhigte. In einem Flugzeug wären sie schon lange mit zerfetzten Tragflächen und geborstener Druckkabine abgestürzt.

»Es wächst schneller, je größer es ist«, sagte er nach einer Weile.

»Richtig«, antwortete der Zwerg mit einer Begeisterung, die Stone nicht teilen konnte. »Das ist wie die Geschichte mit den Weizenkörnern auf dem Schachbrett. Je größer es wird, desto mehr Materie wird in Energie umgewandelt, und je mehr Energie zur Verfügung steht, desto rascher kann es wachsen. Wenn es wirklich groß geworden ist, dann wird es vielleicht in mehrere Teile auseinanderfallen, aber davon sind wir noch weit entfernt.«

»Wie groß?« Wieder erschütterten heftige Regenfälle den Gleiter, und diesmal dachte Stone im ersten Moment, sie seien ins Meer gestürzt, so massiv war die Barriere aus Wasser, in die der Gleiter hineinstieß.

»Was?« rief Gurk durch den Lärm hindurch.

»Wie groß muß es sein, um auseinanderzufallen?«

»Ich weiß nicht«, antwortete Gurk gleichmütig. »So groß wie die Sonne vielleicht. Es könnte interessant sein, die Antwort herauszufinden.« Er warf dem Governor einen boshaften Blick zu und grinste breit. »Nur wird dann keiner von uns mehr da sein.«

Großartig, dachte Stone sarkastisch. *Vielleicht fällt bei einem Zwerg zu allem anderen auch noch der Selbsterhaltungstrieb etwas kleiner aus.*

Der Lichtpunkt, der die Position ihres voranfliegenden Beobachters markierte, hatte die turbulente Randzone des Auges erreicht und versuchte nun, sich vom Sturm um das Auge herumtragen zu lassen. Falls er in das Auge hineingeraten sollte, hatte er kaum eine Chance, es wieder zu verlassen. Die Druckdifferenz war einfach zu groß, viel größer als bei jedem natürlich entstandenen Wirbelsturm.

Das Bild flackerte plötzlich. Stone sah hastig auf seine eigenen Meßgeräte. »Die Übertragung ist gestört«, rief er dem Zwerg zu.

»Ziemliches Gewitter da drin«, antwortete Gurk seelenruhig. »Ich bin überrascht, daß der Beobachter überhaupt noch sendet.«

Was für ein liebenswürdiger Zeitgenosse, dachte Stone. Inzwischen hatte er einige Übung darin, seine Meinung für sich zu behalten. Bei den Moroni war es darauf nicht so sehr angekommen; anders als die Jared hatten sie sich nicht gut in einen Menschen hineinversetzen können. Nun, eine nennenswerte Zahl von Jared kannte dagegen die Menschen sehr viel besser – gewissermaßen von innen heraus. Er drängte den unerfreulichen Gedanken in den Hintergrund und konzentrierte sich wieder auf die Funkanlage. Ein flüchtiger Blick zeigte ihm, daß der Beobachter inzwischen am Auge vorbei war und damit begann, einen Weg nach draußen zu suchen. Ihr eigener Pilot hielt sich gut acht Kilometer vom Rand entfernt, und trotzdem waren die Turbulenzen kaum auszuhalten. Blitze umgaben den schlingernden, zitternden Gleiter und warfen schmerzhaft intensive Schlaglichter auf das Innere.

Die Übertragung brach diesmal ohne Vorwarnung zusammen. Bevor er den Mund öffnen konnte, hörte er etwas außerhalb des Gleiters, das ihn im ersten Moment an ein riesiges Triebwerk erinnerte. Über die dumpfe Folge von Blitzschlägen hinweg schwoll das Geräusch zu einer grollenden Brandung aus Lärm und Donner an. Er sah zu Gurk hinüber, dessen Augen starr auf die Scheiben gerichtet waren, mit einem Gesichtsausdruck, den er erst nach einem endlos scheinenden Augenblick erkannte.

Furcht, dachte er noch. Die Schockwelle traf den Gleiter frontal und riß ihn einfach mit, so schnell, daß sich Konsolen und Computeranlagen aus ihren Halterungen lsorissen und durch die Kabine stürzten, während der Gleiter hilflos wie ein Blatt im Herbststurm von der Druckwelle emporgetragen wurde. Die gepanzerte Hülle dehnte und streckte sich, kreischte wie ein tödlich verwundetes Tier. Metallstreben knickten plötzlich ab, und eine der hinteren Sichtscheiben bekam plötzlich Sprünge, die rasch zu einem spinnenwebenartigen Geflecht zusammenwuchsen. Im nächsten Moment war das zentimeterdicke Panzerglas verschwunden, mitgerissen von der Druckwelle, die vor ihnen hereilte und sie in ihrem Kielwasser mit sich riß. Die Luft entwich explosionsartig aus der Kabine, und Stone schrie auf. Blut schoß aus seiner Nase, und sekundenlang glaubte er ersticken zu müssen, bevor es ihm gelang, seine Atemmaske aufzusetzen. Irgendwie schaffte es der Pilot, den Gleiter von einer Böe aus dem Sog der Druckwelle herausreißen zu lassen, und Stone mußte erneut einen heftigen Brechreiz unterdrücken, als das übel zugerichtete Fahrzeug wie ein tonnenschwerer Stein in die Tiefe sackte. Endlos dauernde Sekunden lang war der Jared nicht in der Lage, den Sturz abzufangen. Die überlasteten Triebwerke heulten auf und übertönten sogar den Wirbelsturm, und die angebrochene Hülle knirschte, als zusätzliche Kräfte auf sie einwirkten. Ein blasses, dichtes Grau umgab den Gleiter auf seinem Weg nach unten, und dann endlich wurden sie von ihrem eigenen Gewicht in die Sitze gepreßt. In einem langgezogenen Bogen glitt das Fahrzeug aus den Sturzwinden heraus, fing sich nur einige Dutzend Meter über schemenhaft erkennbaren Eismassen und gewann mühsam und torkelnd wieder an Höhe.

Stone sackte keuchend auf seinem Sitz zusammen. Er spürte salzige Feuchtigkeit auf seinen Lippen und begriff angewidert, daß seine Nase gleichmäßig in seine Atemmaske blutete. Er sah dorthin, wo der Sturm die Sichtscheibe herausgerissen hatte. Die Dekompression hatte einen Teil der Hülle nach außen gebogen, und eine metergroße Öffnung klaffte links von ihm. Er konnte die arktische Eisfläche erkennen, in einem fahlgrauen, verschwommenen Licht, das von überall her zu kommen schien, unterbrochen von blauweißen Blitzschlägen, die eine scharfe, grelle Helligkeit auf das Eis warfen. Trotzdem wirkten alle Umrisse seltsam verschwommen, und einen Moment lang glaubte Stone, eine dichte Nebelschicht über dem Boden zu erkennen, dann begriff er, daß das Eis unter ihnen verdampfte. Vermutlich hatten die aufgeheizten Luftmassen die ganze Region weit über den Gefrierpunkt erwärmt.

Er zog sich an seine Konsole heran und überprüfte die Kontrollen. Die Funkanlage war noch intakt, aber es kamen keine Signale mehr von dem Beobachter. Er hatte nichts anderes erwartet. Der andere Gleiter war viel weiter im Inneren des Wirbelsturms gewesen.

Stone blickte zu Gurk hinüber. Der Zwerg hatte hinter seiner Moroni-Atemmaske überhaupt nichts mehr mit einem Menschen gemein. Er starrte mit dunklen Augen auf den Bildschirm, die seltsamen Hände klauenartig über das Schaltpult ausgebreitet, und murmelte etwas Unverständliches. Trotz der gerade erst überstandenen Gefahr verursachte der Anblick Stone eine Gänsehaut.

Er nahm die Atemmaske ab und ignorierte das Blut,

das warm und klebrig über sein Kinn lief. »Was ist passiert?« rief er, und beim letzten Wort kippte seine Stimme fast.

Gurk hob den Kopf und sah ihn an, und der Governor fühlte sich sekundenlang wie eine Maus, die von einer Klapperschlange überrascht wird. Im nächsten Moment verzog sich das sichtbare Teil von Gurks Gesicht zu einem triumphierenden Grinsen, das nicht einmal die breite Moroni-Atemmaske verdecken konnte.

»Es hat sich ausgedehnt«, rief er. »Um zwei Kilometer, in alle Richtungen.«

Stone sah auf den Bildschirm, auf den der Zwerg mit ausgestrecktem Finger tippte. Der Computer wiederholte anscheinend immer wieder die letzten Sekunden, bevor die Übertragung abgebrochen war. Zwei Sekunden lang war alles unverändert, und dann plötzlich war der schwarze Kreis viel größer, und das Auge brach in sich zusammen. Die Wolkenmassen stürzten nach innen, und eine Schockwelle lief wie ein heller Ring nach außen, und als sie den Beobachter erreichte, begann alles wieder von vorn.

»Ich habe es gewußt«, rief Gurk. »Diese verdammten Idioten. Ich habe es ihnen gleich gesagt.«

Stone konnte nur stumm auf die kleine gelbe Markierung auf dem Bildschirm starren, die immer wieder von den Wolken verschluckt wurde. »Ich denke, es wächst gleichmäßig«, brachte er schließlich heraus.

»Das tut es auch«, antwortete der Zwerg, die Stimme von der Maske gedämpft. »Das tut es. Jetzt und vorhin.« Er kicherte, und diesmal hörte Stone die Hysterie in Gurks Stimme heraus.

»Nur manchmal«, fügte er hinzu, »manchmal überspringt es eben ein paar Wochen.«

Der Mond füllte den größten Teil der Kuppel aus.

»Großartig«, sagte Skudder neben Charity.

»Ja, dieses Panzerglas ist verdammt gut. So, als wäre es überhaupt nicht vorhanden.« Ihr Blick wanderte von einem Krater zum anderen, den ganzen pockennarbigen Rand des Mare Tranquillitatis entlang. Sie hatte einen Teil ihrer Ausbildung dort erhalten, in einer Basis, die zwei Jahre vor der Ankunft der Moroni aufgegeben worden war. Die Menschheit hatte den Mond erschlossen und einige Jahrzehnte lang genutzt, aber sie war nie dort heimisch geworden, und die Moroni hatten nicht viel tun müssen, um die Menschen endgültig von der Mondoberfläche zu vertreiben. Und doch mußte es noch Menschen in dieser unwirtschaftlichen Lage oder bis vor kurzer Zeit gegeben haben, Menschen, die ihnen einen Hilferuf geschickt hatten. Die Störungen in der Erdatmosphäre, die den letzten schweren Kampfhandlungen gefolgt waren, hatten einen vollständigen Empfang unmöglich gemacht. Vielleicht wußten die Jared mehr, die inzwischen den größten Teil der technischen Anlagen in Köln in ihrer Hand hatten, aber wenn dem so war, dann hatten sie es den Menschen verschwiegen – mit Ausnahme von Stone vielleicht.

»Sieben Stunden«, sagte sie. »Die erste Umkreisung wird noch einmal dreißig Minuten dauern. Und dann haben wir wieder festen Boden unter den Füßen.«

»Sehnsucht?« spottete Skudder sanft. »Also, mir gefällt es hier oben.«

»Wir kommen wieder her«, versprach sie ihm mit einem Hauch Sarkasmus. »Aber im Moment komme ich mir zu verwundbar vor, um mich wohl zu fühlen.«

»Was machen unsere Gäste?«

»Bisher kein Lebenszeichen«, antwortete sie. »Sagt Harris.«

»Schön.«

»Ja. Aber ich denke, er muß es wissen. Und wenn ich

ehrlich bin, ich schätze, daß es ihm genauso unangenehm wäre wie uns, wenn diese Eier vor der Zeit ausgebrütet werden.«

»Du traust ihm wirklich nicht über den Weg, was?«

Sie deutete auf die Brücke, wo Dubois mit Bender Dienst tat. »Sieh dir unsere Begleiter doch einmal an. Irgend etwas stimmt nicht mit ihnen, mit keinem von ihnen.«

»Mir ist nichts aufgefallen.«

»Natürlich nicht, großer Eigenbrötler. Es ist auch nur so ein Gefühl, ein flüchtiger Eindruck. Wenn man mit ihnen redet, verhalten sie sich ganz normal, sie reden Unsinn wie andere Menschen, zeigen Angst, machen Fehler . . . und trotzdem.« Sie sah Skudder von der Seite an. »Ich habe in den letzten zwei Tagen mehr auf sie als auf die Bildschirme geachtet. Weißt du, daß sie so gut wie nie miteinander reden? Ich meine, untereinander, wenn keiner von uns beiden zuhört. Sogar Harris ist stumm wie ein Fisch, was die anderen betrifft, aber uns beiden kaut er ein Ohr ab, wenn wir ihn nicht auf Distanz halten.«

»Du hörst dich an wie eine Verrückte.«

»Ich weiß. Dieser ganze Bockmist macht mich verrückt. Manchmal denke ich, daß man uns einfach aus dem Weg haben wollte. Daß Stone, Gurk und ihre neuen Freunde uns in eine hübsche Konservendose gesteckt und uns ein paar aufgezogene Spielzeugsoldaten mitgegeben haben, bevor sie das ganze Päckchen sauber verschnürt mit einem kräftigen Tritt in die Umlaufbahn befördert haben.«

»Ich weiß nicht«, sagte er nach einer Weile, und seine Stimme klang wieder ernst. »Ich hatte eher den Eindruck, als wenn unsere sogenannten Freunde am liebsten selbst losgezogen wären. Ich weiß nicht, warum es nicht möglich war, das Schiff mit Jared zu bemannen und uns einfach an den Rand zu drängen, aber was immer wir für die Jared erledigen sollen, sie können es wohl nicht selber tun.«

»Zumindest die Erwachsenen nicht«, sagte Charity. »Das macht Sinn. Aber was können wir, was sie nicht können?«

»Vielleicht geht es gar nicht um das Was, sondern um das Wann oder Wo. Vielleicht mögen sie Mondlicht nicht, was weiß ich.«

»Soweit man das aus dieser Nachricht erkennen konnte, spielt sich die Sache sowieso im Dunkeln ab«, meinte sie. »Außer MacDonalds und meinem Namen war ja kaum etwas klar zu identifizieren, aber es war zweimal von ›dunkel‹ die Rede.« Sie zuckte mit den Achseln. »Die Rückseite lag damals im Dunkeln, aber in ein paar Stunden wird die Sonne auch wieder das MacDonald-Gelände erreichen. Vielleicht kommen wir zu spät zu dieser Verabredung, oder es ist die falsche.«

»Wir werden sehen«, sagte Skudder desinteressiert. »Ich habe dieses Herumraten satt. Wir wissen ja nicht einmal, ob man uns hergerufen hat oder ob jemand uns gerade davor warnen wollte.« Er verzog das Gesicht. »Dieses ganze Unternehmen ist ausgemachter Unsinn.«

»Vielleicht.« Sie ließ sich auf diesen Streit nicht ein. Was immer Skudder gegen diesen Flug einzuwenden hatte, eine Sache gab es, die sie genauer untersuchen mußten. Es war die Rede von einem zweiten Tor gewesen, und wenn die Jared dachten, was sie dachte, dann war es höchste Zeit, daß jemand nachsah, was da in der Dunkelheit der Mondrückseite vor sich gegangen war.

»Es könnte sein, daß wir nur einen Teil der Botschaft gehört haben.«

»Wir waren doch in Köln, als sie aufgefangen wurde. Die Jared sind viel zu ungeschickt, um die Aufzeichnungen zu manipulieren. Sie können vielleicht mich täuschen, aber nicht Hartmanns Leute.«

Wenn sie noch Hartmanns Leute sind, versetzte Charity in Gedanken. »Ich glaube auch nicht, daß sie etwas herausgeschnitten haben, aber vielleicht haben wir nicht alles hören können.« Sie fixierte ihn. Im Mondlicht wirkte sein Gesicht fremd und düster. »Weißt du, wie die Jared miteinander sprechen? Oder die Moroni?«

»Ultraschall«, entgegnete er zweifelnd.

»Na, ganz so hoch brauchen wir gar nicht gehen. Du hörst sehr gut, aber ein Kind hört besser.« Reflexhaft hob sie erneut die Schultern. »Ist nicht so wichtig. Ich schätze, wir werden noch einige Überraschungen erleben, bis wir dahinterkommen.«

Wie auf Kommando begannen die Alarmsirenen zu heulen. Auf der Brücke gerieten Dubois und Bender in hektische Bewegung, und auch die Soldaten auf der Plattform eilten zu Haltegriffen und Riemen. Charity hatte sich von der Kuppel in Richtung Brücke abgestoßen, bevor ihr einfiel, daß die HOME RUN von einem Geschoß getroffen werden konnte, während sie unterwegs war. Auch diesmal bestrafte das Universum ihren Fehler nicht. Sie atmete tief ein, als sie die Konsolen erreichte, und schnallte sich hastig in einem der leeren Sitze fest.

»Was ist los?« brüllte sie über den infernalischen Lärm hinweg, und: »Schalten Sie das verdammte Ding ab.«

Schlagartig war es ruhig. »Ortung«, sagte Dubois knapp und drückte ihre Augen an die Feuerleitkonsole, die wie eine Kreuzung aus Öltank und Stereomikroskop aussah. »Niedrige lunare Umlaufbahn, gleicher Drehsinn wie wir, ziemlich sauber in der Ekliptik. Er muß schon eine Weile über dem Mond-Horizont sein, aber es hängt zu tief über der Oberfläche, als daß wir es hätten sehen können.«

»Was?«

»Diskus«, sagte die Frau lapidar.

»Also Moroni«, folgerte Charity. »Verdammt.«

»Wenn sie jetzt beschleunigen, erwischen sie uns kurz vom Eintritt in die Umlaufbahn«, sagte Bender. »Es könnte schwierig werden, die richtige Bahnkorrektur vorzunehmen.«

»Was heißt das?« fragte Charity grimmig.

»Ich schlage vor, wir verzichten auf den Überflug des Zielgebietes und gehen direkt rein«, meinte Dubois. Bender nickte eifrig.

»Klingt vernünftig«, sagte Charity, »aber allmählich werden mir die Ungewißheiten in diesem Unternehmen zu groß. Wir bleiben beim bisherigen Ablauf. Versuchen Sie es einfach. Von mir aus setzen Sie den gesamten Treibstoff ein, aber versuchen Sie es.«

»Verstanden«, sagte Dubois, die den Blick nicht von ihrer Konsole löste. »Sie haben ihre Triebwerke hochgefahren und verändern den Kurs.«

»Natürlich«, sagte Charity. Hinter ihr rasteten Gurte ein, als sich Skudder und Henderson in ihre Sitze zwängten. »Schalten Sie die Waffensysteme ein, und halten Sie das Radar in Bereitschaft.« Auf den Bildschirmen bewegte sich eine kleine rote Markierung, die die Position des Moroni-Schiffes wiedergab, mitten aus dem Mare Tranquillitatis auf sie zu, während sich der Mond unter ihnen und ihrem Gegner wegdrehte. Tatsächlich fielen beide dem Mondhorizont entgegen, die HOME RUN auf einer elliptischen Bahn, von der aus sie in eine kreisförmige Umlaufbahn überwechseln sollte, und die Moroni aus einer kreisförmigen Umlaufbahn heraus in eine Parabel, die sie nahe an der HOME RUN vorbei in Richtung auf die Erde führen würde.

»Entfernung dreitausend Kilometer«, meldete Bender. »Verringert sich weiter.«

»Sie beschleunigen weiter«, stellte Charity fest. Das bedeutete, daß das Zusammentreffen sich verkürzen würde, denn die Flugbahnen stellten sich immer steiler zueinander, und die Geschwindigkeit, mit der sie aneinander vorbeirasen würden, vergrößerte sich von Sekunde zu Sekunde. »Sagen Sie mir Bescheid, wenn sie aufhören oder bremsen.«

»Wir können zwei unserer Raketen einsetzen«, schlug

Dubois vor. »Die anderen beiden sind zu weit ab vom Weg, aber eine von ihnen liegt genau auf der Flugbahn.«

»Wie weit vor ihnen?«

»Noch 800 Kilometer.«

»Und die andere?« fragte Charity, während sie versuchte, sich das Bild räumlich vorzustellen, ein Fächer von vier kleinen Objekten, die vor einem fünften flogen, während ein sechstes von schräg seitlich in diese Formation hineinbeschleunigte.

»Zu weit draußen, etwa tausend Kilometer.«

»Lassen Sie die zweite hochgehen«, befahl Charity aus einer Eingebung heraus.

»Aber das ist sinnlos . . .« begann Henderson hinter ihr. Dubois hatte den Knopf schon gedrückt. Eine der Kuppel glänzte plötzlich in einem grellen, gebrochenen Licht, das sofort wieder verschwand. Im Infrarotbild blühte etwas wie eine riesige Seifenblase vor ihnen, etwa anderthalbtausend Kilometer von ihnen entfernt, knapp tausend von dem Moroni-Schiff, dessen Bahn weit an der Blase vorbeilief.

»Die anderen beiden, die zu weit weg sind«, sagte Charity in die Stille hinein. »Lassen Sie sie wenden, und starten Sie die Triebwerke.«

»Das wird ein blinder Schuß«, sagte Dubois. »Und wenn hinter dem Horizont noch ein Empfangskomitee wartet, dann sind wir nackt.«

»Das sind wir jetzt schon«, erwiderte Charity mißmutig. »Wir haben nur diese eine Karte. Sehen Sie zu, daß Sie etwas treffen.«

»Verstanden.« Die Blase auf dem Bildschirm wuchs und wurde zugleich dunkler. Die Spuren der Explosion waren nicht mehr zu erkennen. Ohne Luft oder andere Materie, die zur Weißglut erhitzt und in eine Druckwelle gepreßt werden konnte, war eine Megatonnen-Explosion ziemlich unspektakulär. Die einzige Wirkung, die Charity an den Instrumenten erkennen konnte, war ein leichter Anstieg des Strahlungspegels, der bereits wieder abflaute.

»Bender, zeichnen Sie auf dem großen Bildschirm noch die Position der Raketen ein.«

»Sie haben aufgehört zu beschleunigen«, sagte Dubois. »Ich habe die Raketen wenden können, vielleicht haben wir jetzt eine Trefferchance.«

»Dann starten sie.« Zwei der neuen, diesmal blauen Lichtpunkte auf dem Bildschirm setzten sich in Bewegung und wurden langsamer auf ihrer bisherigen Bahn, die sie auf den Mond zufallen ließ. Die Fallkurve wurde steiler, neigte sich von der anderen Seite in die Blase hinein, die sich ebenfalls im freien Fall auf den Mond zubewegte. Der Rand der Blase berührte die vierte Rakete und verschluckte sie.

»Haben Sie noch die Kontrolle über den anderen Flugkörper?« fragte Charity.

»Ja.« Dubois blickte kurz hoch. »Da ist ein wenig Partikel-Strahlung in die Elektronik geknallt, aber die Hauptkreise sind intakt.«

»Entfernung zum Moroni-Schiff?«

»Fünfhundertzwanzig, fällt noch.« Bender rechnete hastig. »Wenn sie nicht bremsen oder wieder beschleunigen, ist bei dreihundertachtzig Schluß. In elf Sekunden.«

»Vielleicht halten sie die Rakete für ein Trümmerstück«, sagte Charity. »Schalten Sie drei Sekunden vorher unser Radar ein, und gleich danach starten Sie die Rakete. Wenn es uns gelingt, sie zu verwirren . . .«

»Verstanden«, sagte Dubois, die nun etwas gehetzt klang. Die beiden blauen Punkte auf dem Bildschirm hatten den dritten fast überholt, als plötzlich eine Reihe Lampen aufleuchtete und das Bild sich geringfügig verschob, während der Computer mit dem scharfen Blick des Radars die bisher ungenauen Bilder verfeinerte und ersetzte. Gleich darauf blühte im Inneren der großen, dunklen Seifenblase eine kleinere, hellere, die sich rasch auf den roten Punkt zubewegte und ihn verschluckte. Niemand bemerkte es, denn die Aufmerksamkeit aller war auf die Kette von zehn gelben Punkten gerichtet, die sich spiralförmig um die Bahn des Moroni-Schiffes ausbreiteten, weit außerhalb der Seifenblasen, die die Atomexplosionen an den Himmel gemalt hatten, und nur noch ein paar hundert Kilometer von der HOME RUN entfernt.

»Raketen«, sagte Bender. »Diese hinterlistigen . . .«

»Genau wie wir«, sagte Charity. Ihr Herzschlag übertraf alle Rekorde. »Radar aus, Dubois. Bender, Laser und Raketen. Nehmen Sie alles, aber halten Sie uns diesen Hornissenschwarm vom Hals.«

»Okay.« Weiter kam er nicht. Dubois stieß einen unterdrückten Freudenschrei aus. Auf dem Bildschirm zogen sich zwei kurze, blaue Linien in den ineinander verwobenen Seifenblasen bis direkt an das Moroni-Schiff heran, bevor sie ihrerseits in einem neuen Paar Blasen zerplatzten.

»Sie haben ihr Radar eingeschaltet«, sagte die Frau. »In der letzten Sekunde. Die automatische Zielsuche hat übernommen.« Sie sah Charity an, und ihre Augen leuchteten. Es war das erste Mal, daß Charity an einem ihrer Begleiter diese Art von Lebendigkeit entdeckte. »Ein Volltreffer, die andere unmittelbar neben ihnen.«

Der rote Punkt auf dem Bildschirm verschwand. Die neuen Seifenblasen wirkten ein wenig heller und massiver als die anderen. Die mehrere tausend Tonnen Materie eines Sternenschiffes hatten ihnen als zusätzliche Nahrung gedient, gaben dem Feuerball ein wenig mehr Substanz. »Ich glaube, die sind wir los«, sagte Skudder in die Stille hinein.«

»Ihre Raketen nicht«, erwiderte Charity. Wie zur Bestätigung schlug plötzlich gleißendes Licht in die Sichtkuppel. Der geringe Anteil, der reflektiert wurde, genügte, um sie vorübergehend blind werden zu lassen.

Zahlreiche grelle Sterne tanzten schmerzhaft auf ihrer Netzhaut.

»Hinter uns«, meldete Dubois, »nicht mal achtzig Kilometer.« Die akustische Strahlungswarnung summte leise vor sich hin. »Wir haben uns gerade rechtzeitig geduckt, was das Radar betrifft.«

Bender betätigte hastig die Kontrollen, und auf der Hülle vibrierten schwere Maschinen, als die Laserkanonen eines der Ziele unter Feuer nahmen. Dann dröhnte die Hülle der HOME RUN, als sich zwei Raketen aus ihren Rohren lösten. Dubois und Bender arbeiteten schweigend und konzentriert, während die anderen hilflos dem tödlichen Ballett zusahen, das sich hoch über der Mondoberfläche entfaltete. Inzwischen konnte Charity wieder etwas erkennen. Sie hielt ihren Blick sorgfältig von den Sichtkuppeln fern. Paradoxerweise spürte man so gut wie nichts von den titanischen Explosionen, die nach astronomischen Maßstäben in unmittelbarer Nähe stattfanden. Im Vakuum spielten Fehlschüsse keine Rolle, auch wenn sie knapp ausfielen, und Treffer spürte man sowieso nicht mehr. Zweimal zeichnete grelles Licht harte Schlagschatten in das Innere der HOME RUN, begleitet von einem heftigen Stakkato der Strahlungsanzeigen. Auf den Bildschirmen verschwanden zwei gelbe Punkte, die die Flugbahn der HOME RUN bereits passiert hatten, und zeichneten zwei zusammenwachsende Seifenblasen. Dort, wo sich die dünnen Hautschichten der schwachen Schockwellen begegneten, entstand eine geringfügig hellere, fast stillstehende Zone. In diesem schmalen Streifen staute sich einen kurzen Moment die Hitze, bevor sie wieder auseinanderlief. Der Computer setzte die Infrarot-Daten in ein gespenstisch schönes Bild um. Zwei weitere Punkte wurden ausgelöscht, vermutlich hatte Bender mit den Laserkanonen getroffen. Charitys Hände verkrampften sich unwillkürlich am Sitz, als die fünf übriggebliebenen Geschosse, die den anderen hinterhergelaufen waren, nacheinander ihren Kurs änderten und zu Linien heranwuchsen, die zunehmende Geschwindigkeit anzeigten.

»Zielradar«, rief Bender. Dubois betätigte hektisch eine Schaltergruppe, und die letzten fünf Raketen verließen ihre Abschußrohre. Fünf blaue Linien zogen sich auf die anfliegenden Moroni-Geschosse zu, benutzten deren Zielradar für ihren eigenen Anflug. Ein weiteres Geschoß verschwand plötzlich, und Bender stieß einen verhaltenen Freudenschrei aus. Drei Raketen trafen ihre Ziele, gelbe und blaue Linien schnitten sich und verblaßten, als die Raketen in unmittelbarer Nähe der Moroni-Geschosse explodierten, und blühten in neuen Seifenblasen auf, die gleich darauf die Bahn der HOME RUN berührten. Kontrollampen wechselten von Grün auf Rot, und die Strahlungswarnung heulte warnend los. Die Bildschirme verfärbten sich vorübergehend, und die Darstellungen wurden unregelmäßig, als harte Strahlung die empfindliche Elektronik störte, Schaltkreise ausbrannte und Speicherzellen löschte.

»Das letzte ist zu nah«, rief Charity. Sie beugte sich vor und hieb mit der Faust auf eine Kontrolle, die den Gefechtskopf der Rakete entschärfte. Dubois sah sie entsetzt an. Es war ein riskantes Spiel. Wenn die eigene Rakete, die sich dem hereinkommenden Geschoß in einem Bogen näherte, ihr Ziel nicht direkt traf und mit der Wucht des Aufpralls zerstörte, dann waren sie praktisch schutzlos. Bender feuerte schwitzend auf das Maroni-Geschoß, aber es war bereits zu nah und zu schnell. Mit angehaltenem Atem verfolgte Charity, wie sich ihre eigene Rakete dem Geschoß näherte. Die Linien berührten sich, aber keine Blase entstand, keine Explosion zerstörte angreifende und abfangende Raketen. Der Computer zeichnete die Linien noch ein wenig länger. Charity biß sich auf die Lippen, registrierte, wie Dubois den Kopf hob und mit nackter Panik auf das

Infrarotbild starrte. Die Linien verbreiterten sich geringfügig.

»Sie hat getroffen«, schrie Bender erleichtert. Die Laserkanonen verstummten.

Auf dem Bildschirm verblaßten die beiden Linien, nachdem sie zuvor zu kurzen, dünnen Fächern auseinandergelaufen waren, den Bahnen der Trümmerstücke folgend, die nach der Kollision von den Raketen übriggeblieben waren. Der gelbe Fächer passierte die HOME RUN auf ihrer Bahn.

»Verdammt knapp«, sagte Charity und holte tief Luft. »Bender, die Kurskorrektur. Beeilen Sie sich.«

»Das schaffen wir nicht mehr«, sagte Dubois, die ihre maskenhafte Gelassenheit wiedergefunden hatte. Charity betrachtete noch einmal den Schauplatz des Kampfes, der nicht einmal zwei Minuten gedauert hatte. Ein gelber Punkt trieb langsam auf die Mondoberfläche zu. Die letzte eigene Rakete, erinnerte sie sich, deren Ziel Bender mit dem Laser zerstört hatte. Vermutlich würde sie mit ausgebranntem Triebwerk und entschärftem Sprengkopf irgendwo auf dem Mond einschlagen, abseits von MacDonald. Die Bahn wich schon deutlich von dem Kurs der HOME RUN ab. Eine rötliche, immer größer werdende Wolke zeigte an, wo sich die Überreste des Moroni-Schiffes befanden. Einige der Trümmerstücke schienen trotz der nuklearen Explosion noch ziemlich groß zu sein. Panzerung, vermutete Charity, oder massive Teile des Antriebs. Es konnte keine Überlebenden gegeben haben. Nicht einmal Moroni hätten dieses Inferno überstanden. Eine Handvoll hellblaue und blaßgelbe Wölkchen markierten die Reste der Geschosse, die nicht explodiert waren, und ganz schwach waren die inzwischen hauchdünnen Schockwellen der Atomexplosionen zu erkennen, die die Wege der HOME RUN und ihres vernichteten Gegners markierten. In völliger Lautlosigkeit hatten zwanzig Megatonnen Explosivkraft ein Schiff, seine

Mannschaft und seine Waffen verschlungen und ein anderes Schiff nahezu entwaffnet.

»Wir sind noch mal davongekommen«, sagte sie zu Skudder, der bleich geworden war. Dubois schaltete eine kurze Entwarnung für den Alarm.

»Kein Umlauf mehr möglich«, sagte Bender von seinem Platz. Der kleine Monitor vor ihm war mit Berechnungen bedeckt. »Tut mir leid, aber die haben uns vierzig Sekunden zu lange in Atem gehalten. Wenn wir jetzt noch in eine tiefe Umlaufbahn wechseln, haben wir hinterher vermutlich keinen Treibstoff mehr für den Landeanflug.«

»Reserven?«

»Keine Reserven, Captain Laird.« Er hob die Hände. »Wir müssen den Zielanflug direkt machen. Das Fenster ist in zwei Minuten dicht.«

»Harris?« sagte sie in die Sprechanlage hinein.

Die Antwort kam prompt. »Klingt nicht so, als hätten wir eine Wahl.«

»Wir werden zu Fuß gehen müssen«, warnte sie ihn. »Ich weiß nicht, wie weit.«

»In einer tiefen Umlaufbahn schießen sie uns problemlos ab. Wenn ich richtig mitgezählt habe, haben wir keine Raketen mehr. Wir können eine Bodenstation weder angreifen noch einen Angriff abwehren. Was sollen wir also tun?«

»Wir haben die Laserkanonen«, erwiderte sie ohne Überzeugung. Die vorzeitige Landung widerstrebte ihr, und die Aussicht auf einen Gewaltmarsch durch unwegsames Gelände behagte ihr noch viel weniger.

»Vergessen Sie's«, erwiderte Harris. Bender murmelte etwas und bewegte zustimmend den Kopf. Sie sah Skudder an, der hilflos die Schultern hob. »Okay«, sagte sie und nickte ergeben. »Bringen Sie uns runter, Bender.«

»Wohin?«

»Mitten rein«, entschied sie. »Lassen Sie die Kameras laufen, Dubois, und halten Sie die Augen offen.«

»Verstanden«, sagte die Frau knapp. Charity dachte flüchtig an den Ausdruck der Angst, den sie kurz vor Ende des Raumgefechtes auf Dubois' Gesicht gesehen hatte. Es schien unglaublich, daß die Frau in einem Moment so aussehen konnte, als sei sie nahe am völligen Zusammenbruch, und im nächsten Moment ihre Gefühle wieder derart unter Kontrolle hatte. Sie betrachtete das Profil der Frau. Ihre Gesichtszüge erinnerten sie an etwas, aber sie kam nicht darauf, wieso der Anblick ihr eine Gänsehaut bereitete.

»Dann kommen wir nahe an Grube I herunter«, stellte Bender fest. »Bei dem großen Massetreiber. Das ist eine vernünftige Marke.«

»Halten Sie sich westlich«, riet Charity geistesabwesend. »Das Gelände dort ist – war – einigermaßen eben.«

»Okay.« Die Beschleunigungswarnung ertönte und löste hektische Betriebsamkeit auf der Zwischendeck-Plattform aus. Sie stürzten auf den Mondhorizont zu, und gerade als sie in den Mondschatten eintraten und das Sonnenlicht aus den Sichtkuppeln verschwand, als sei es abgeschnitten worden, preßte der Andruck sie tiefer in ihre Sitze. Minuten verstrichen. Die HOME RUN verlor sichtlich an Geschwindigkeit, was nur daran zu erkennen war, daß sich der Bogen der berechneten Flugbahn stärker neigte und auf ein Gebiet auf der Mondrückseite zielte, dem sie sich immer mehr näherten. Die Höhe über der Mondoberfläche nahm stetig ab. Gedankenverloren registrierte Charity, daß die letzte ihrer Raketen noch immer vor ihnen war, und verwünschte sich für ihre Unaufmerksamkeit.

»Was ist?« fragte Skudder.

»Die Rakete«, erklärte sie. »Sie ist eintausendfünfhundert Meter vor und ein Stück unter uns. Sie wird MacDonald nicht treffen, aber sie wird nah herankommen. Nah genug, um uns anzukündigen?«

»Wieso?«

»Wenn da unten irgend jemand den Himmel beobachtet und ein paar gute Detektoren besitzt, dann sieht er sie, sobald sie über den Horizont ist. Oder die seismischen Sensoren registrieren ihren Einschlag auf dem Boden.« Sie fluchte laut. »Das ist so, als würden wir anklopfen, bevor wir die Tür eintreten. Oder als würden wir eine große Leuchtreklame an den Himmel hängen.«

»Sie wissen sowieso, daß wir kommen«, versetzte Bender. »Denken Sie an das Moroni-Schiff, das uns abgefangen hat.«

»Sie wissen nicht, daß wir noch da sind«, erwiderte Charity mißmutig. »Dubois, machen Sie den Sprengkopf wieder scharf. Vielleicht ist uns das verdammte Ding wenigstens noch als Deckung nützlich oder als Ablenkung.«

»Verstanden.« Dubois löste sich von den Geräten. In diesem Moment erinnerte sich Charity an ihr Gesicht. »Noch vierzig Sekunden«, sagte die Frau, als Charity gerade ihren Mund öffnete. Im nächsten Moment schrillte ein neuer Alarm in ihren Ohren und übertönte ihren überraschten Aufschrei.

»Wir sind vom Radar erfaßt worden«, rief Bender. »Das ist MacDonald.«

Der Computer zeichnete die Umrisse der Basis auf die Mondkarte, nahe am Horizont. Die Mondoberfläche nahm inzwischen über die Hälfte des großen Bildschirms ein. Die HOME RUN passierte gerade in einhundert Kilometern Höhe eine Kratergruppe, deren größter Krater, wie sie sich flüchtig erinnerte, nach Ernst Mach benannt worden war. Ein blinkender Lichtfleck markierte den Standort der starken Radaranlage, die sie erfaßt hatte. Zwei weitere Lichtflecken erschienen, als weitere Radaranlagen aktiviert wurden. Eines der auf Empfang geschalteten Funkgeräte plärrte plötzlich mit einer wirren Tonfolge los, irgendeine Anforderung, die vermutlich nur ein Moroni verstehen konnte oder ein Computer. Wie hypnotisiert betrachtete sie die kurze, schnurgerade Markierung des großen Massetreibers, der ziemlich genau in ihre Richtung zeigte, während Bender die HOME RUN mit ständig sinkender Geschwindigkeit auf ihrer Fallkurve hielt. Im Funkkanal herrschte plötzlich Stille. Die Ortungsgeräte entdeckten neue Aktivität in dem Gebiet, das sie anflogen, Maschinen, die hochgefahren wurden, Energie erzeugen und sammelten, zweifellos, um sie unter Beschuß zu nehmen, solange sie noch ein deutlich sichtbares Ziel abgaben.

»Vielleicht doch ganz gut, daß wir auf den Überflug verzichten«, sagte sie zu Skudder, der anscheinend die Übersicht verloren hatte. »Verdammt viel los da unten.«

Die Höhe verringerte sich auf zwanzig Kilometer, die Entfernung betrug nur noch knapp zweihundert Kilometer. Die Warnung oder Aufforderung, die sie über Funk empfangen hatten, wurde wiederholt. Bender schaltete den Antrieb ab, und das tonnenschwere Gewicht, das gerade noch auf ihrer Brust gelastet hatte, verschwand von einem Augenblick auf den anderen. Ihr angespannter Körper katapultierte sich halb in den Gurten nach oben, ein Reflex, den sie nach all den Jahren immer noch nicht ganz abgelegt hatte. Die unsichtbaren Finger des Radars, die nach ihnen griffen, wurden kräftiger und länger, schossen sich ein, wie um den eigentlichen Schüssen den Weg zu bereiten.

Dubois ergriff ungewohnte Initiative und schaltete den Alarm aus, ganz ohne Aufforderung. Im nächsten Moment gellte ein weiterer Alarm.

»Kollisonswarnung«, rief Charity verblüfft. »Was soll das?«

Sie waren nur noch achtzig Kilometer vom Ziel entfernt, und der Himmel vor, über und hinter ihnen war vollkommen leergefegt. Dann erkannte Charity die gelbe Markierung, die ihnen entgegenkam.

»Entfernung sechzig Kilometer«, meldete Bender. »Teufel, ist der schnell.«

»Ich sehe keinen Antrieb«, schnappte Charity, die auf die Infrarotwiedergabe starrte. Der charakteristische Wärmeschweif eines eingeschalteten Rückstoßtriebwerks fehlte völlig. Trotz des verkürzten Winkels hätten sie irgend etwas sehen *müssen.*

»Da ist keiner. Wie haben die das Ding ohne Antrieb hochbekommen?« Bender schaltete um, und auf seinem Bildschirm erschien etwas, das wie die Umrißzeichnung eines Schuhkartons aussah.

»Was ist das überhaupt?«

»Erzcontainer«, antwortete Charity im selben Moment, in dem sie es erkannte. »Da kommt noch einer.« Ein zweiter Punkt bewegte sich hinter dem ersten. »Sie haben den Massetreiber in Betrieb genommen. Das sind Computer für aufbereitetes Uranerz, so ungefähr fünfzigtausend Bruttoregistertonnen pro Kiste.«

»Sieht so aus, als hätte Goliath dem David die Schleuder weggenommen«, spottete Skudder. »Allerdings, wenn die Moroni jetzt schon mit Steinen schmeißen, dann geht ihnen wohl langsam die Puste aus.«

»Wenn einer dieser Brocken trifft, steht ein wenig Asthma gegen unseren Tod«, erwiderte Charity. Tatsächlich war sie nicht ernsthaft besorgt. Die Container beschrieben eine vorgeplante Bahn, und sie konnten kaum manövrieren. Die Korrekturtriebwerke waren für langsame Drift über einen Zeitraum von Monaten gedacht. Ursprünglich waren diese Container für den Transport zur Orbit-Station und zu den geplanten L5-Basen im Raum zwischen Erde und Mond gedacht gewesen. »Vielleicht sind wir nur in eine Verladeoperation hineingeplatzt«, fügte sie hinzu, gerade als der erste Container explodierte. Der Blitz blendete nicht nur sie, und Bender, der über die Sichtkontrolle der Laserkanonen gebeugt gewesen war, schrie schmerzerfüllt auf.

»Sie haben ihn gesprengt«, rief Dubois, obwohl sie vermutlich auch nicht viel sehen konnte.

»O verdammt«, rief Charity und rieb sich die Augen. »Geben Sie Dekompressionsalarm, rasch.« Sie drehte den Kopf in die Richtung, in der sie die Bordsprechanlage vermutete. »Harris, die Helme zu. Zieht die Köpfe ein, Leute.« Was sie noch sagte, ging im dumpfen Grollen des Deko-Alarms unter. Ein weiterer Blitz leuchtete auf ihrer schmerzgepeinigten Netzhaut, und sie preßte hastig die Fäuste vor das Gesicht. »Das war der zweite Container«, rief jemand im allgemeinen Lärm. Etwas prasselte gegen die Außenhülle, wie ein Hagelschauer, die kleineren Trümmerstücke, die schneller waren. Charity griff nach hinten, nahm den Druckhelm von der Befestigung hinten am Sitz und schloß das Visier. Dann koppelte sie den Luftschlauch des Sitzes an. Ohne Tornister waren sie von den Bordsystemen abhängig, ein Umstand, der sich in den nächsten Minuten als verhängnisvoll erweisen mochte. Ein weiterer Blitz, der wieder den Strahlungsalarm auf den Plan rief. Wieder einmal fragte sie sich, wem das lähmende, infernalische Getöse verschiedener Alarmsirenen eigentlich nützen sollte. Sie konnten schließlich nicht mehr als einmal sterben. Der Hagelschauer ließ nach, gewann dann aber plötzlich wieder an Kraft. Vermutlich waren sie in die Trümmerwolke des zweiten Erzcontainers hineingeraten. Sie konnte schwach die Kontrollen erkennen und die sich vor den Lichtern hektisch bewegenden Silhouetten von Dubois und Bender, die halb blind versuchten, die HOME RUN von den Explosionen wegzudrehen. Ein vierter Blitz warf Schlagschatten in einen Teil des Schiffes, in dem sich niemand befand. Der Strahlungsmonitor zeigte ein furchterregendes Rot. Dann traf der erste große Brocken, und ein mörderischer Schlag schüttelte Menschen und Ausrüstung durcheinander wie Würfel in einem riesigen Becher. Der zweite Treffer war noch schlimmer als der erste. Durch den Lärm konnte Charity das grauenhaft pfeifende Geräusch entweichender Luft hören. Die Zentralachse brach knirschend auseinander, und die Brückenbefestigung gab unter der Wucht einer weiteren Kollision nach. Die Lichter gingen für zwei, drei Sekunden aus, und als sie wieder aufflackerten, explodierte unter Deck eine der Energiezellen in einer Wolke aus hellweißem Licht und pechschwarzem, öligem Rauch. Wieder kollidierte die HOME RUN mit einem Trümmerstück. Charity fühlte sich wie eine Fliege, die im Inneren einer riesigen, dröhnenden Glocke aus Gußeisen verzweifelt versuchte, Wänden und Glockenklöppel auszuweichen. Munitionsbehälter und Ausrüstungsgegenstände hatten sich in den Wandnischen gelöst und bewegten sich mit absurd geringer Geschwindigkeit majestätisch durch ihr Blickfeld.

Dann verebbten die Geräusche, und es wurde totenstill, obwohl sie die neuen Erschütterungen deutlich spüren konnte. Das Schiff fiel torkelnd dem Boden entgegen. Ein Hauch von Rauhreif bedeckte die Pulte und Bildschirme.

»Die Luft ist raus«, meldete Dubois über Bordfunk. Sie hatte Benders Konsole übernommen.

»Wie viele noch?« fragte Charity mit deutlicher Furcht in der Stimme.

»Zwei, aber sie sind schon an uns vorbei.« Dubois deutete auf den Bildschirm. »Ich habe diese Rakete hochgejagt, nach der dritten Explosion. Kann sein, daß der Strahlungsschock die Zünder gestört hat. Wir sind durch.«

Charity sah sich um. Das Innere der HOME RUN war ein einziges Chaos aus treibenden Behältern, losgerissenen Verstrebungen, zerbrochenen Tanks. Flüssigkeitstropfen schillerten in apartem Rosa. Nach der Farbe zu schließen, handelte es sich um Kohlenstoff-Schmiermittel oder um die kümmerlichen Reste einer an Bord geschmuggelten Flasche Rotwein. Das Zwischendeck hatte ein großes, unregelmäßiges, brandgeschwärztes Loch, dort, wo die Energiezelle hochgegangen war, und mehrere saubere, rechteckige Löcher dort, wo sich Bodenplatten gelöst hatten. Die Brücke pendelte frei im Raum, nur noch an zwei Seiten mit der Hülle des Schiffes verbunden, und abgerissene Kabel peitschten in das Vakuum, sprühten Funken, wenn sie einander berührten. Jedesmal, wenn das geschah, flackerten Kontrollampen und Bildschirme. Trotzdem konnte Charity auf der Computerdarstellung erkennen, wie sich die beiden letzten Container gleichmäßig von ihnen entfernten. Der Massetreiber, der sich wie eine langgezogene Landebahn vor ihnen streckte, hatte anscheinend seine Munition verschossen.

»Was war das?« fragte Skudder, die Stimme blechern über den noch immer gestörten Kanal.

»Sie haben die Container vermint«, erklärte Charity, und ihre Wut brach sich Bahn. »Ein paar kleine taktische Atomwaffen, die eigentlich keine Bedrohung für uns gewesen wären, und drumherum mehrere tausend Tonnen Uran und Abraum. Ein besseres Schrapnell kann man sich nicht vorstellen. Sie haben sie einfach in unsere Richtung katapultiert und platzen lassen.«

»Wir haben mehrere dicke Brocken abbekommen«, sagte Bender, der sich noch immer die Augen rieb. »Mindestens drei große Lecks, und ich glaube, die Hülle hat schweren Schaden erlitten.«

»Was ist mit dem Antrieb?« fragte Charity hastig.

»Keine Anzeige«, entgegnete Dubois lakonisch. Niemand sagte etwas. Charity blickte hinunter auf das rauchende Loch im Zwischendeck, dann auf den Bildschirm. Ihre Höhe betrug nur noch zwei Kilometer, und die Geschwindigkeit, die die HOME RUN noch hatte, war jetzt deutlicher zu erkennen. Sie trieben inzwischen ein gutes Stück seitlich über dem Massetreiber, der am Bildschirmrand aus dem Blickfeld geriet.

»Das heißt, wir werden eine unsanfte Landung erleben«, sagte Charity schließlich. »Sind wir wenigstens auch noch den Treibstoff losgeworden?«

»Die Tanks sind leer«, nickte Dubois. »Das heißt, wenn das Display noch funktioniert. Zumindest werden wir nicht explodieren, wenn der Reaktor zusammenhält.«

Die beiden Frauen sahen sich an.

»Einhundertachtzig Kilometer pro Stunde horizontal«, sagte Dubois einfach. »Den Vertikalanteil können wir vergessen, glaube ich.«

»Wir werden ein gutes Stück rollen«, faßte Charity tonlos zusammen. »Sofern wir nicht von einem wohlmeinenden Berg aufgehalten werden.«

»Keine Chance«, warf Skudder ein, der gebannt auf den Bildschirm starrte. Sein Gesichtsausdruck erinnerte an einen Passanten, der mitten in einen Verkehrsunfall hineingeraten war. »Die Gegend ist flach wie ein Bügelbrett.«

»Wurde ja auch Zeit, daß wir mal etwas Glück haben«, stieß Charity hervor. »Wie lange noch?«

»Neunzig Sekunden«, meldete Bender.

»Bender, sehen Sie zu, daß Sie die Fluglage von diesem Ding stabilisieren. Wenn wir unseren dick gepanzerten Hintern die größte Wucht schlucken lassen, haben wir eine Chance.« Sie löste entschlossen die Gurte und schnappte sich den Tornister, der unter dem Sitz am Boden angebracht war. »Los, die anderen weg hier. Die Brücke geht bestimmt zum Teufel. Sucht euch einen Platz in den Wandnischen, bevor es wieder losgeht, und haltet euch *gut* fest.« Sie stieß sich in den freien Raum ab. »Kommen Sie hinterher, sobald Sie fertig sind, Bender.«

»Verstanden«, kam die Antwort. Skudder, Henderson und Dubois bahnten sich hastig ihren eigenen Weg zu den Wandnischen, die ihren Inhalt ziemlich vollständig ins Innere ausgeschüttet hatten. Charity faßte mit der freien Hand nach einem Gurt, zog sich in die nächstgelegene Nische hinein und wickelte sich in die zerfetzten Reste eines Sicherungsnetzes, bevor sie damit begann, ihren Druckanzug an den Tornister anzuschließen. Kühle, saubere Luft ersetzte das schon leicht stickige Gemisch in ihrem Helm. Sie fand noch zwei weitere Gurtenden und schnallte sich fest. Skudder winkte ihr aus seiner Nische zu, eingewickelt wie ein kleines Kind. Zufrieden sah sie, daß Harris und zwei seiner Leute sich ebenfalls in Sicherheit gebracht hatten. Die Korrekturdüsen sprangen an, und nach und nach verschwand das übelkeiterregende Karussellgefühl. Aus den Augenwinkeln registrierte sie, wie sich Bender losschnallte und nach seinem Tornister bückte. Ihre innere Stimme warnte sie. Sie schaltete den Funk um und öffnete den Mund.

In diesem Moment begann die große Glocke wieder zu dröhnen, und die Welt brach auseinander. Nicht schon wieder, dachte sie noch, als ihr Hinterkopf ein weiteres Mal schmerzhaft Bekanntschaft mit irgendeinem harten Gegenstand schloß, dann wurde es endgültig dunkel.

4

Der Jared-Pilot hielt den Gleiter genau auf halber Höhe zwischen den Eismassen unter ihnen und der Wolkendecke über ihren Köpfen. An der Unterseite der riesigen Wolkenbänke war der Wind heftig, aber gleichmäßiger als oben in den Wolken, und die anhaltenden, stürmischen Regenfälle hatten die wenigen Erhebungen in der arktischen Eismasse abgetragen. Inzwischen war es heller geworden, da die Wolkendecke nicht mehr so dicht war wie in der Nähe des Wirbelsturms. Die Druckwelle, die aus der plötzlichen Vergrößerung des Lochs und dem Zusammenbruch des Sturmauges entstanden war, hatte auch hier ihre Spuren hinterlassen. An einigen Stellen schimmerten Wasserflächen in metallischem Grau, und inzwischen taute das Eis rascher, als Schmelzwasser und Regenwasser verdampfen konnten.

»Alles ruhig«, sagte Gurk, was eine deutliche Untertreibung war. Die Wolkenformationen bewegten sich auf dem Radarschirm nach Nordwesten, der Erdrotation vorauseilend. »Es sieht nicht so aus, als wenn sich das Ereignis so bald wiederholen würde. Zumindest nicht, bis wir aus diesem Unwetter heraus sind.«

Stone zog die Jacke enger um seine Schultern. Es war ziemlich kalt und naß geworden im Gleiter. Der Riß in der Hülle ließ sich nicht abdecken, und anscheinend gehörte auch die Kabinenheizung zu den Bordsystemen, die die Druckwelle nicht überstanden hatten. Der Gleiter hatte deutliche Schlagseite bekommen, und jedesmal, wenn Stone in einer heftigen Windböe das Gleichgewicht verlor, begann seine Nase wieder zu bluten.

»Was ist mit dem Loch?« fragte er.

»Es wächst und gedeiht«, antwortete Gurk. »Davon gehe ich zumindest aus. Auf diese Entfernung kann ich mit dem Radar nur erkennen, daß sich ein neues Auge gebildet hat, anderthalbmal so groß wie das alte.«

»Ich dachte, der Durchmesser des Lochs habe sich verdoppelt?«

»Natürlich.« Gurk nieste plötzlich und wischte sich ungeniert mit dem Ärmel seiner Jacke über das Gesicht. »Das Auge wächst weniger rasch als das Loch selbst. Noch ein oder zwei Sprünge, und der Wirbelsturm bricht in sich zusammen.« Er drehte sich zu Stone um. »Sie hängen sehr an dem Ding, was?«

»Bitte?« Er folgte dem Blick des Zwergs und erkannte, daß er noch immer die Tüte mit der linken Hand umklammerte. Er war nicht einmal dazu gekommen, sie zu benutzen.

»Ach so«, sagte er peinlich berührt und warf die zerknäulte Tüte weg. Erst jetzt bemerkte er, wie verkrampft seine Hände waren.

»Wieso plötzlich dieser Sprung?« fragte er hastig.

Gurk grinste. »Sie sind doch ein helles Köpfchen,

Stone. Denken Sie nach.« Er winkte mit der Hand. »Na, lassen Sie es lieber bleiben.«

Der Gleiter taumelte wieder. Stone verzichtete auf einen Kommentar.

»Ich bin fest davon überzeugt, daß das nicht die erste plötzliche Erweiterung war«, meinte Gurk, plötzlich wieder ernst geworden. »Wir haben die anderen nur nicht bemerkt, vermutlich, weil sie sehr viel kleiner ausgefallen sind. Und wir haben die Schwarze Festung ziemlich eilig geräumt, nachdem unseren neuen Freunden hier das Malheur passiert ist.«

»Und woher kommt die Energie für diese Sprünge?«

»Das ist die spannende Frage.« Der Zwerg wippte auf seinem Sitz, dann hielt er inne und nieste wieder. »Haben Sie schon einmal einen Stein in eine Pfütze geworfen, Governor?«

»Wie bitte?«

Gurk schneuzte sich lautstark in seinen Ärmel. »Ob Sie schon einmal einen Stein in einer Pfütze geworfen haben.«

Stone nickte ergeben.

»Na, und was ist passiert?«

»Der Stein ließ Wellen entstehen«, antwortete Stone ungeduldig. »Was hat das mit Transmittern zu tun?«

»Sie kommen schon noch dahinter«, antwortete der Zwerg ungerührt. »Denken Sie an die Pfütze. Die Wellen laufen nach außen, und wenn der Rand der Pfütze langsam ansteigt, dann werden sie einfach verschluckt. Aber wenn die Pfütze von irgendeiner Wand begrenzt wird, von geraden, glatten Kanten, dann werden die Wellen dort reflektiert und laufen dahin zurück, wo sie entstanden sind. Einige Wellen sind früher wieder da als andere, und einige sind schwächer als andere . . .« Gurk breitete die Hände aus. »Doch am Ende kommen sie alle zurück.«

Stone runzelte die Stirn. »Und?«

Eine Serie von heftigen Windstößen schüttelte den

Gleiter wie eine leere Plastiktüte und hinderte den Zwerg minutenlang an der Antwort. Sie hielten sich an den Konsolen fest, während der Jared-Pilot sich die Kontrolle über den Gleiter erkämpfte. In der Zwischenzeit hatten sie gefährlich an Höhe verloren, und der Pilot setzte die Triebwerke unter Vollast, um Abstand zum Boden zu gewinnen.

»Nun, unser Stein war die Black-Hole-Bombe«, sagte Gurk, als es wieder ruhiger geworden war. »Was die Pfütze ist, das können Sie sich selbst ausrechnen.«

Tatsächlich, dachte Stone mit aufgesetzter Fröhlichkeit. Vor seinem inneren Auge entstand das Bild eines vielfach verzweigten und verästelten Geflechtes von Röhren und Tunneln, in dem plötzlich an einer abgelegenen Stelle ganz am Rand eine Granate gezündet wurde. Er hatte sich das Transmitternetz der Moroni immer wie eine überdimensionale Spinnwebe oder wie eine Art Kanalisation vorgestellt. Der größte Teil der Energie, die die Black-Hole-Bombe freigesetzt hatte, war in das Netz hineingegangen, und nur ein Bruchteil war bei der Orbitstadt, in der Schwarzen Festung und aus Hunderten kleinerer Transmitter im Sonnensystem wieder herausgekommen. Der größte Teil der Energie, die ausgereicht hätte, die Sonne in Stücke zu reißen, befand sich noch immer innerhalb des Hyperraumgeflechts, das die Transmittertore miteinander verband. Er konnte förmlich sehen, wie sich die einzelnen Verbindungstränge dehnten und bis zum Zerreißen spannten, während die Schockwelle der Explosion sich im Netz ausbreitete. An einigen Stellen würde wie beim Nordpol vielleicht der Raum selbst aufreißen, und an anderen würden die Transmitter Hitze, Strahlung, Tod und Zerstörung ausspucken auf das, was auf der anderen Seite lag, so wie es bei der Orbitstadt geschehen war. Aber überall dort, wo die Transmitter abgeschaltet oder verschlossen waren, würde die Schockwelle zurückprallen, die Richtung umkehren und den Weg zurücklaufen, den sie gekommen war.

Zurück zur Erde. Zurück zum Nordpol.

»Ich hatte nicht damit gerechnet, daß die ersten Rückschläge so schnell kommen«, sagte der Zwerg nachdenklich, »oder so heftig. Es hängt von der Entfernung zu den nächsten Durchgängen ab und ob diese verschlossen sind oder nicht.« Er zuckte die Achseln und warf dem Gouverneur einen Blick zu. »Es wird eine Weile dauern, aber die richtig schweren Rückschläge kommen erst noch. Wenn wir das Loch nicht vorher geschlossen haben, dann schaffen wir es nie.«

»Rückschläge«, wiederholte Stone verständnislos und dachte an den übermächtigen Mahlstrom, der zwei Gleiter zermalmt hatte, als wären es Fliegen, und den dritten Gleiter so zugerichtet hatte, daß er schrottreif war. Falls nur ein paar Prozent der Energie, die die Bombe in das Transmitternetz gepumpt hatte, zur Erde zurückgelangten, dann kam es nicht mehr darauf an, ob Moroni oder Jared den noch immer andauernden Krieg auf der Erdoberfläche und im Orbit gewannen. Die Erde würde einfach in einer unregelmäßigen Kette von Explosionen verschwinden, die zum Schluß die Sonne in eine Nova verwandeln würden.

Der Gleiter schwankte erneut, und Stone mußte sich wieder an seiner ausgefallenen Funkanlage festhalten. »Der Pilot könnte sich etwas mehr Mühe geben«, sagte er mißmutig, »und uns davor bewahren, über die Eisfläche zu schrammen.«

»Er tut seit einer Viertelstunde nichts anderes mehr«, erwiderte Gurk boshaft. »Seit die Triebwerke von einem Blitzschlag beschädigt worden sind.«

Stone schluckte mühsam. Die schmutziggraue Eisfläche unter ihnen schien plötzlich viel näher herangerückt zu sein. Falls der Gleiter in dieser Einöde abstürzen würde, würden sie es nie schaffen, dem Wirbelsturm zu entkommen. Die Wetterbedingungen und die Bodenverhältnisse hätten eine gut ausgerüstete, durchtrainierte und erfahrene Polarexpedition aufgerieben, ganz zu schweigen von einem Zwerg, einer *Ameise* und einem Mann mit Nasenbluten.

»Nur die Ruhe«, sagte Gurk, dem die Angelegenheit anscheinend ungeheuren Spaß machte. »Wir schaffen es.«

»Bis nach Köln?« fragte Stone ungläubig. »Diese Nußschale kommt nicht einmal bis nach Island zurück.«

»Bis zum Ring«, sagte Gurk. »Sehen Sie nach vorn.«

Er kniff die Augen zusammen und starrte in die angegebene Richtung. Ein schwarzer, gleichmäßig geschwungener Streifen trennte das dunkelgraue Eis vom nicht viel helleren Wolkenhimmel.

»Die Jared werden uns einen anderen Gleiter zur Verfügung stellen«, sagte Gurk.

»Hoffentlich.« Stone rückte näher an die noch intakten Sichtscheiben heran und spähte zum Horizont. Das schmale Band rückte rasch näher, und während sich die Entfernung verringerte, erkannte er Einzelheiten. Der Ring war gewaltig, dreimal so dick wie der Ring, der in der Schwarzen Festung gestanden hatte. Berücksichtigte man allerdings den tausendfach größeren Durchmesser, dann war dieser Ring in Wirklichkeit fragil und zerbrechlich, verglichen mit den anderen Transmittern, die die Explosion nicht hatten eindämmen können. Er fragte sich unwillkürlich, ob die Jared nicht schon daran scheitern mußten, daß sie trotz vieler Millionen Tonnen Material aus den zerstörten Großstädten und den abgerissenen Moroni-Festungen gleichsam nur einen Hauch von Metall um das Loch herum aufbauen konnten. Winzige Gebilde bewegten sich zwischen den Maschinenhallen, die Läufer genannten Schrottsammler, die verschiedene Bauteile an ihren Bestimmungsort bugsierten. Wie Libellen schwebten drei der mächtigen Transportgleiter über dem Ring. Hinter den Maschinen konnte er die Kuppeln der großen Kraftwerke erkennen, zu denen die Jared die erbeuteten großen Moroni-Gleiter umgebaut hatten. Baustelle reihte sich an Baustelle, von einem Rand des Blickfelds bis zum anderen, spannte sich über die gesamte Eisfläche hinweg.

Mit heulenden Triebwerken setzte der Gleiter zum Sinkflug an, und der Ring wuchs zu einer gleichmäßigen, glatten Barriere, die alles andere hinter sich verbarg.

»Die Jared haben sich ganz schön beeilt«, sagte Stone, der angesichts der hektischen Aktivität am Boden zum ersten Mal wieder so etwas wie Hoffnung empfand.

»Sie werden sich noch um einiges mehr beeilen müssen«, erwiderte der Zwerg geringschätzig.

Irgend jemand weckte sie, indem er begann, daumenlange Hufnägel in ihren Hinterkopf zu schlagen. In ihrer gegenwärtigen Verfassung hatte sie dagegen nicht viel einzuwenden, aber daß der unbekannte Plagegeist dazu eine Preßluftramme benutzte, war schlicht unverzeihlich.

»Nein«, stieß sie wütend hervor und wollte sich aufrichten. Ihr Kopf platzte gemächlich auseinander, und die Einzelteile tanzten einen verhaltenen Tango, bevor sie wieder zusammenfanden. Charity war sich nicht sicher, ob alle Teile wieder an ihrem ursprünglichen Platz angekommen waren, aber immerhin war ihr wenigstens der eigene Name wieder eingefallen.

Vorsichtig öffnete sie das linke Auge und schielte in die Richtung, die sie für oben hielt. Eine helle, weiße Scheibe schimmerte, nur eine Handbreit von ihrem Auge entfernt. *Der Mond,* dachte sie zusammenhanglos. Dann erkannte sie das Gesicht.

»Verdammter Mist«, murmelte sie.

»Alles in Ordnung?« flüsterte er, und ihre Trommelfelle wölbten in ihren Kopf und verwandelten ihr Gehirn in Kartoffelbrei. Sie schloß das Auge wieder und atmete ein

Dutzend Mal tief ein. Dann hob sie die rechte Hand und schwenkte sie vorsichtig.

»Sieht aber nicht so aus.«

»Ruhe«, schnappte sie und öffnete beide Augen. Das Licht tat weh, aber als der Tränenschleier ihren Blick nicht mehr trübte, erkannte sie, daß es um sie herum fast vollkommen dunkel war. Sie lag in etwas, das sie nach längerer Betrachtung als einen wirren Haufen von Proviantrationen, Schlafsäcken, Ersatzteilen, Schußwaffen und Munitionskanistern identifizieren konnte. Ein verbogenes, längliches Ding links unterhalb von ihr erwies sich als ihr linkes Bein. Den Schmerzen nach zu urteilen hatte sie dort ein paar heftige Prellungen davongetragen, aber die Knochen waren intakt. Ob sie das auch von ihrem Kopf sagen konnte, war längst nicht so klar.

»Nicht zu fassen«, murmelte sie und stützte die Ellenbogen auf.

»Was?« fragte Skudder besorgt.

»Hör auf zu brüllen!« schnauzte sie und schloß gleich darauf wieder die Augen.

»Ich brülle nicht«, antwortete er beleidigt.

»Tut mir leid«, brachte sie schwerfällig heraus. »Ich fühle mich nicht besonders.«

»Das kommt bei Frauen immer wieder mal vor«, versetzte er mißmutig.

Sie schüttelte den Kopf in ihrem Helm und bereute es umgehend. »Nein«, sagte sie. »Du mußt einfach nur leiser atmen, und hör auf, mit deiner Haut zu knistern.«

Anscheinend war er ernsthaft in Sorge gewesen. Er lächelte sie erleichtert an.

»Da«, sagte sie und fragte sich flüchtig, wie sie wohl aussehen mochte. »Du machst es schon wieder. Hör auf zu grinsen.«

Er ignorierte sie, schloß sie wortlos in seine Arme und drückte sie an sich. Vermutlich zersplitterten dabei einige ihrer angebrochenen Knochen, aber seltsamerweise war ihr das gleichgültig. Sie erwiderte die Umarmung, so gut sie konnte, und ließ sich von ihm auf die Knie helfen. Ihre Beine zitterten zu sehr, als daß sie hätte aufstehen können.

Langsam sah sie sich um, und ihr Verstand weigerte sich, das Bild zu akzeptieren, das von allen Seiten auf sie herabzustürzen schien. Halb rechts von ihr hingen die auseinandergebrochenen Reste der Brücke aus der Dunkelheit herab, und ein Gewirr von Kabel, Schläuchen und Leitungen spannte sich wie eine Kreuzung aus Spinnennetz und Hängematte bis zu der in drei Teile gebrochenen Zwischendeck-Plattform. Über ihr erkannte sie nach einiger Zeit die schemenhaften Umrisse der tonnenschweren Maschinenblocks und Energiespeicher, die sich ursprünglich *unter* dem Zwischendeck befunden hatten. Einige der gewaltigen Aggregate aus dem Keller hatten sich aus ihren Verankerungen gelöst, hingen in einem Gewirr aus Trägerholmen und Spannseilen. Ein paar Lichter leuchteten noch, wo einige der Konsolen wie durch ein Wunder nicht von der Notstromversorgung getrennt worden waren. Eine dunkelblaue, dünne Flüssigkeit schwappte zwischen den Trümmerstücken, und Dampfschwaden zogen sich nach oben. Sie wollte gar nicht wissen, welche bizarre Substanz so lange brauchte, um sich ins Vakuum zu verflüchtigen. Ein paar Kanister schwammen in der seltsamen Brühe. Auf der anderen Seite erkannte sie undeutliche Bewegungen.

»Was ist mit den anderen?« fragte sie.

»Dubois und Harris sind drüben, bei Steiner und Estevez«, antwortete Skudder. »Die anderen beiden Soldaten sind unter einem Maschinenteil begraben worden.« Er sagte nichts weiter.

»Keine Hoffnung mehr.« Ein bitterer Geschmack lag auf ihrer Zunge. In letzter Zeit war es zu einer schlechten Gewohnheit geworden, daß sie ihre Begleiter überlebte. »Was ist mit Bender?«

Skudder schüttelte stumm den Kopf. Sie erinnerte sich daran, wie der Mann die Gurte abgeworfen hatte, unmittelbar vor dem Aufprall, und unterdrückte einen Anfall von Übelkeit. »Verdammter Mist.«

»Henderson ist draußen«, sagte Skudder in dem Bemühen, sie aufzumuntern. »Dieser Tolpatsch hat es ohne einen Kratzer überstanden.«

»Dann wollen wir hoffen, daß er sich nicht verläuft«, sagte sie. Mühsam rappelte sie sich hoch. Er mußte sie stützen, damit sie nicht das Gleichgewicht verlor. Trotz der geringen Schwerkraft schien es ihr im ersten Moment, als würde ein Tonnengewicht auf ihren Schultern lasten.

»Wir sind unten«, sagte sie dann. »Ich glaube nicht, daß wir noch weiter runter kommen könnten.« Später einmal sollte sie sich für diese voreilige Bemerkung selbst verfluchen. »Ich will hoffen, daß es für diese endlose Katastrophe wenigstens einen guten Anlaß gibt.«

»Wir sind am Rand von Grube I runtergekommen«, sagte Skudder. »Bisher ist alles ruhig geblieben. Es sieht ganz danach aus, als wenn hier draußen niemand wäre.«

»Wie weit sind wir vom Massetreiber entfernt?«

»Zwanzig, dreißig Kilometer«, antwortete er. »Henderson behauptet, daß er die Leitungstürme sehen kann. Warum?«

»Die Magnetschienen können Schlitten für Container transportieren, aber auch kleine Personenwagen. Falls die Moroni uns einsammeln wollen, dann werden sie wohl von dort kommen.« Sie humpelte versuchsweise einen Schritt weit. »Und wenn wir uns verdrücken wollen, haben wir dort die besten Chancen. Oder auf einem der Transportbänder, wenn eins in der Nähe ist.«

Skudder half ihr über den Berg aus Trümmern. Der kleine blaue Teich war inzwischen fast ganz verschwunden. Irgendwo in der Dunkelheit sah sie winzige, weiße Lichter, und es dauerte einen Moment, ehe sie die Umrisse des riesigen, langgezogenen Lochs in der Hülle erfaßte, das den Blick auf den Sternenhimmel freigab. Sie hatte den Anblick des Sternhimmels immer geliebt. Tatsächlich war es dieser Anblick gewesen, der ihr auf der Universität und später auf der Militärakademie in den harten Zeiten die Kraft gegeben hatte, durchzuhalten und weiterzumachen. Jetzt, als sie in einem Wrack über die zertrümmerten Überreste von Maschinen, Gerät und vielleicht auch Menschen humpelte, begann sie den Anblick zu hassen.

Ein Lichtkegel streifte sie. »Da sind Sie ja«, sagte Dubois. Sie hockte zwischen den beiden auseinanderklaffenden Hälften eines Maschinenblocks, dessen Zweck jetzt noch weniger zu erkennen war als vorher. Esteban, eine schlanke, hochgewachsene Frau, deren aufrechte und beinahe steife Haltung auch im unförmigen Druckanzug noch zu erkennen war, nickte ihr wortlos zu. Sie hatte irgendwo einen Schneidlaser gefunden und hantierte damit zwischen einem wirren Drahtspaghetti, das Charity schließlich als die Überbleibsel des Zentralachsen-Kabelschachts erkennen konnte. Der im Vakuum unsichtbare Laserstrahl zerschnitt ein Bündel von Leitungen, und irgendwo über ihr erloschen die letzten Lichter an einer der verbeulten Konsolen.

»Wir haben Daniela gefunden«, sagte Dubois. »Nichts mehr zu machen.«

»Und Cortez?« fragte Charity ohne rechte Hoffnung.

»Da unten«, sagte die Estevez und deutete vielsagend auf einen Fetzen von einer Druckkombination, der anderthalb Meter tief zwischen den Trümmern begraben lag, ein schwacher roter Schimmer im Scheinwerferlicht.

»Irgendeine Chance, ihn da raus zu holen?«

Dubois schüttelte stumm den Kopf. Im seltsamen Halblicht des reflektierten Scheinwerferlichts konnte Charity an Estevez' Gesichtsausdruck erkennen, daß die Frau keineswegs einverstanden war, aber den Mund hielt.

»Wo sind Steiner und Harris?«

»Versuchen es von der anderen Seite«, sagte Dubois gleichmütig.

»Vergewissern Sie sich, daß er tot ist«, sagte Charity. »Aber beeilen Sie sich. Wir müssen hier weg.« Sie richtete sich auf und blickte auf die andere Seite der Trümmerbarriere. »Harris, wie nahe sind Sie an ihn herangekommen?«

»Überhaupt nicht.«

»Dann kommen Sie hierher und helfen Sie Estevez. Ich will wenigstens sicher sein.«

Die Silhouetten von Harris und Steiner tauchten auf der anderen Seite auf. Charity nickte Estevez zu, die wieder in die Hocke ging und weiterarbeitete, dann wandte sie sich ab, auf das Loch in der Hülle zu. Skudder folgte ihr stumm und fing sie auf, als sie unterwegs den Halt verlor.

»Was ist das?« sagte sie angeekelt und befreite ihren Stiefel von der glitschigen, hellen Masse.

»Sieht aus wie Honig«, meinte Skudder. »Vielleicht Teil des Proviantes?«

Charity nahm ihm den Scheinwerfer aus der Hand und leuchtete auf den Boden. Ein Teil der Trümmerstücke kam ihr bekannt vor. Dann sah sie drei ziemlich große, dunkle Klumpen.

»Die Eier«, sagte sie.

Skudder ließ einen leisen Pfiff aus. »Himmel«, sagte sie, »*sind* die Dinger zäh.«

Sie beugte sich über den nächstgelegenen der Klumpen und berührte ihn vorsichtig mit dem Handschuh. Die Schale fühlte sich wie Hartgummi an, im ersten Moment nachgiebig, dann aber hart wie Granit. Die Metallstangen, in denen das Ei lag, waren verbogen und erinnerten in ihrer Anordnung entfernt an ein Vogelnest.

»Sieht ganz intakt aus«, meinte sie und warf einen Blick auf die Temperaturanzeige an ihrem Handgelenk. »Es ist noch ziemlich warm. Sollte mich nicht wundern, wenn es unversehrt ist.« In ihrer Stimme klang Unglauben. Dieser Teil der Mondrückseite lag noch in Dunkelheit, und die Temperaturen im Schiff waren rapide gefallen, seit die Hülle das erste Loch bekommen hatte. Es war unvorstellbar, daß ein lebendes Wesen ohne Schutzanzug diese Bedingungen länger als ein paar Minuten hätte überstehen können.

»Wie viele siehst du?« fragte Skudder. Sie ließ den Lichtkegel die gesamte Fläche vor ihnen absuchen. »Mindestens drei«, sagte sie. »Kann sein, daß die anderen weiter unten liegen.«

»Was sollen wir machen?«

»Nichts«, entschied sie nach einem Moment. »Offiziell wissen wir nichts davon.« Und, fügte sie in Gedanken hinzu, solange Harris sich nicht beschwert, ist es wohl in Ordnung. Sie warf Skudder einen warnenden Blick zu und wies mit einer Kopfbedeckung auf die vier Gestalten, die hinter ihnen im Lichtkreis versuchten, ein größeres Wandstück aus dem Trümmerhaufen zu lösen. Er nickte rasch.

»Laß uns hier verschwinden«, sagte sie und gab ihm den Scheinwerfer zurück.

Draußen versank sie bis zu den Knöcheln im Staub. Der Mondboden war gleichmäßig mit feinem Abrieb bedeckt, ein weiches Polster, das ihren Aufprall abgemildert hatte. Sie sah sich um, konnte aber keine Felsen oder Kraterformationen in der Nähe entdecken. Der Himmel war tiefschwarz und gesprenkelt mit den Sternen der Milchstraße. Sie stand inmitten einer ausgedehnten Ebene, die sich sanft zu ein paar entfernten Hügeln aufschwang. Die Landschaft war schwarz in schwarz, wie am Grunde des Meeres oder in einem Kohlenkeller bei Nacht. Es gab keine scharfen Konturen, keine harten Kanten, keine rechten Winkel, nur watteweiche Dunkelheit. Der Verlauf des Horizonts ließ sich am leichtesten daran erkennen, daß die ungleichmäßige Verteilung der

Sterne plötzlich ein abruptes Ende fand, je tiefer sie den Blick senkte. Ihr Gleichgewichtssinn geriet außer Kontrolle. Erneut kämpfte sie mit Übelkeit, und ein überwältigendes Gefühl der Desorientierung breitete sich in ihr aus, bis sie nach Skudders Arm griff und festen Halt fand. Dann sah sie eine tiefe Furche, die sich zwischen Felsbrocken zum Horizont hinzog.

»Um Himmels willen«, brachte sie heraus.

Skudder folgte ihrem Blick. »Unsere Schleifspur«, stellte er mit ungläubigem Erstaunen fest.

»Das sind mindestens zehn Kilometer«, sagte sie und setzte sich in Bewegung. Er folgte ihr. Die Furche war stellenweise drei oder vier Meter tief. In unregelmäßigen Abständen entdeckten sie Teile der Panzerung, die gebrochenen Holme von Verstrebungen und Maschinentrümmer. Hier und da glitzerte ein Hauch feiner Splitter, Überreste der Panzerglasscherben aus den Sichtkuppeln vermutlich. Charitys Gedanken waren wie eingefroren. Trägheit, Masse und Geschwindigkeit hatten nicht einmal eine Minute gebraucht, um ein kompliziertes, widerstandsfähiges und leistungsfähiges Stück menschlicher Technologie in herumliegenden Müll zu verwandeln.

Skudder holte sie ein. Sie legte einen Arm um ihn, ehe sie tief Luft holte und sich nach der HOME RUN umdrehte. Sie hatten sich rund fünfzig Meter von dem Wrack entfernt, und trotz der Dunkelheit waren die grausamen Wunden zu erkennen, die in die Hülle hineingerissen worden waren. Die Panzerung war in großen Stücken abgerissen worden. Sie konnte einige der Verriegelungen erkennen, an denen Abschußrohre für Raketen oder Außentanks befestigt gewesen waren. Der größte Teil des Hitzeschildes und der Antriebsaggregate fehlte, war einfach verschwunden, zurückgelassen irgendwo auf der Oberfläche des Mondes.

»Die Konservendose hat ein paar Beulen bekommen, was?« witzelte sie, aber ihre Stimme klang gequält.

»Es ist ein Wunder, daß wir noch am Leben sind«, versetzte Skudder mit seltenem Ernst. Eine rotgekleidete Gestalt kletterte über eine lange, zweimal geknickte Röhre und winkte ihnen zu.

»Captain?« vergewisserte sich Henderson über Funk.

»Ja, wir sind hier«, antwortete Charity nach einem Moment. »Haben Sie irgendwelche Zeichen von Leben gesehen?«

»Nein. Es ist alles ruhig.«

»Kein Besuch also«, meinte Charity ohne wirkliche Erleichterung. »Dann gehen Sie rein und helfen Sie den anderen. Versuchen Sie, Waffen und Ausrüstung zu bergen, vor allem diesen Computer und diese verdammte Bombe, wenn irgendwas davon noch auffindbar ist.«

»In Ordnung«, sagte Henderson und bewegte sich auf das Loch in der Hülle zu. »Ich habe den Transportschlitten gefunden. Er sieht etwas mitgenommen aus, aber vielleicht funktioniert er noch.«

Sie sah ihm nach, bis der rote Druckanzug in der Dunkelheit des Wracks verschwunden war. Der Anblick erinnerte sie an etwas anderes.

»Gehen wir ein paar Schritte«, sagte sie. »Wo ist der Massetreiber?«

Skudder deutete nach Nordwesten. »Da drüben. Henderson ist ein Stück die Hülle hinaufgeklettert, bevor er sich sicher war.«

»Ich sehe nichts«, sagte sie nach einer Weile. »Na, bei der Entfernung kein Wunder.«

Skudder warf ihr einen skeptischen Blick zu.

»Immerhin sind wir auf dem Mond«, erklärte sie. »Besonders weit sehen kann man bei der Oberflächenkrümmung nicht.« Sie hob die Hand und legte den Zeigefinger vor ihre Lippen an den Helm, dann tippte sie auf den Schalter für die Funkanlage. Skudders Blick zeigte Verwirrung, dann rasches Begreifen. Sie schaltete den Helmfunk ab, und er folgte ihr ohne Zögern. Vorsichtig neigte sie ihm den Helm entgegen, bis sich die Visierscheiben berührten.

»Kannst du mich hören?«

»Ganz gut«, kam seine Antwort, deren Undeutlichkeit eher das Gegenteil aussagte.

»Schallübertragung«, erklärte sie hastig. »Dieses Plastikglas dämpft leider zu gut, aber dafür ist es auch bruchsicher. Es gibt eben nichts umsonst im Leben.« Sie grinste ihn an. »Ich verlasse mich ungern auf Hendersons Beobachtungsgabe, aber für den Moment sind wir hier wohl noch sicher. Wenn sie Gleiter hätten, dann wären sie schon lange über uns hergefallen.«

Er nickte. »Alles in Ordnung?« fragte er besorgt.

»Nein«, gestand sie nach einer Weile. »Ich fühle mich wie ausgewrungen, wenn ich ehrlich sein soll.« Sie wechselte rasch das Thema. »Ist dir an Dubois etwas aufgefallen?«

»Sie ist kalt wie ein Hai«, erwiderte Skudder. »Und genauso tüchtig.«

»Kommt Sie dir nicht irgendwie bekannt vor?«

»Bekannt?« Skudder lachte unwillkürlich auf. »Ich kenne sie genausolange wie du.«

»Stimmt genau«, sagte Charity knapp. »Und zwar vor zwei Monaten, in Köln.«

»Vor zwei Monaten?« wiederholte Skudder. »Blödsinn.«

»Harris war dabei, du ... und Stone.«

»Stone?«

»Und ein paar Jared, die uns leider nie vorgestellt wurden.« Ihre Stimme klang jetzt eiskalt und überhaupt nicht mehr nach Gehirnerschütterung. »Marie Dubois hat zu unserer Unterhaltung nicht viel beigetragen. Tatsächlich bestand ihr Beitrag darin, reglos auf einem Untersuchungstisch zu liegen, während unsere Verbündeten ihre sauberen Klauen in ihr Gehirn gesteckt haben. Nun, fällt es dir wieder ein?«

»Du meinst, diese Frau auf dem Tisch war Dubois?«

»Ich bin absolut sicher.« Charity verzog das Gesicht zu einem düsteren Lächeln. »Es ist erschreckend, wie sehr ein menschliches Gesicht allein durch den Ausdruck verändert werden kann. Damals, auf diesem Tisch, da war es ein Durcheinander aus Schmerz und Entsetzen, die panische Angst eines Kindes, dem ein unglaublich schreckliches Erlebnis widerfahren ist. Und heute ist es eine kalte, präzise Maske, wie der Helm einer Rüstung, und Gefühlsregungen sind nur durch die Sehschlitze hindurch wahrzunehmen.«

»Wir haben seit drei Wochen jeden Tag mit ihr zu tun«, entgegnete der Indianer skeptisch.

»Es ist dieselbe Frau.« Sie packte Skudder bei den Schultern. »Während der Schlacht im Orbit hat sich die Maske etwas gelockert. Das und die unzureichende Beleuchtung waren der Grund, warum ich sie plötzlich wiedererkannt habe.« Sie merkte, daß ihre Stimme in ihren eigenen Ohren gellte, und ließ ihn verlegen los.

»Entschuldige«, sagte sie nach einem Moment. »Seit Tagen hatte ich ein komisches Gefühl, wann immer ich Dubois angesehen habe.«

»Und Harris.«

»Das ist nicht dasselbe. Harris traue ich nicht. Himmel, jeder von uns ist Strandgut aus einer anderen Zeit, und dieser Krieg hat jeden von uns umgekrempelt. Und jeder von uns trägt Narben, außen *und* innen. Nur Harris nicht, der seinen ausstehenden Sold im Sparstrumpf trägt, Schach spielt, seinen Würfel programmiert und dumme Witze reißt. Und geflissentlich allem zustimmt, was wir sagen. Dieser Mann ist eine einzige Karikatur.«

»Das ist nicht fair«, sagte Skudder.

»Weil eine Karikatur dich nicht im Schachspiel schlagen darf?« fragte sie heftig. Er wich von ihr zurück. Sie streckte die Hand aus, legte sie auf sein Helmvisier.

Beugte ihren Kopf nach vorn, bis sich die Glasplatten wieder berührten.

»He, tut mir leid«, sagte sie nach einer Weile. Seine Augen gaben die ihren nicht frei. »Es wächst mir alles über den Kopf, weißt du.«

»Nein, weiß ich nicht«, sagte er unversöhnlich.

»So.« Sie unterdrückte mit aller Kraft die unvernünftige Wut, die in ihr emporstieg. »Benders Tod ist meine Schuld. Ich habe ihn auf der Brücke gelassen. Wenn er mit uns gekommen wäre, dann wäre er noch am Leben.«

»Dann wären wir alle tot«, erwiderte Skudder sanft.

»Du redest wie ein Teil von mir«, erwiderte sie langsam. »Eine innere Stimme sagt, daß die letzte Kurskorrektur notwendig war. Eine andere meint, daß er sich hätte beeilen müssen. Das ist ein ganzer Chor, der Rechtfertigungen skandiert und Entschuldigungen in allen Tonarten singt. Weißt du, mit allen diesen Stimmen habe ich keine Probleme.« Sie strich mit den behandschuhten Fingern über die Glasscheibe vor seinem Gesicht. Immer wenn sie ihm nahe sein wollte, gerieten sie in solche Situationen, in halb gepanzerten Druckanzügen, hinter bruchsicherem Glas und getönten Blendvisieren. »Die anderen Stimmen sind es, die mir Schwierigkeiten machen. Und dann sind da noch andere, die von Daniela Reilly reden, von Cortez, von Hartmann, von Net, von Jean und Tribeaux und ...« Ihre Stimme versagte. Skudder schloß die Arme um sie, und sie hielt sich an ihm fest. Das ist die Gehirnerschütterung, wisperte ihr eine zynische, bösartige Stimme zu. »Die Liste ist schon so lang geworden«, sagte sie. »Weißt du, es kommt gar nicht darauf an, daß ich die Moroni nicht erfunden habe und daß ich sie nicht hergebracht habe. Es kommt überhaupt nicht darauf an.«

Und, fügte die böse Stimme hinzu, vielleicht hast du sie ja doch hergebracht. Du hattest ja unbedingt den Ehrgeiz, bei der ersten Begegnung mit einer nichtmenschlichen Intelligenz dabei zu sein. Ohne deinen Einsatz und deine Fähigkeiten hätte die Space Force das Rendezvous mit dem fremden Schiff nie geschafft.

»Ich verliere den Verstand«, murmelte sie. Skudder schüttelte sie in ihrem Schutzanzug.

»Hör mit dem Unsinn auf«, brüllte er, und die unverfälschte, tiefe Angst und Hilflosigkeit in seiner Stimme riß sie aus ihrer Apathie. Mühsam machte sie sich los und hob abwehrend die Hand, als er nach ihr greifen wollte. Sie kniff die Augen zusammen und schüttelte ein paarmal den Kopf, begrüßte die Kopfschmerzen, die sofort wieder da waren.

»Es geht schon wieder«, sagte sie, als sie wieder voreinander standen. »Für einen Augenblick wenigstens.« Sie ergriff seine Hand und drückte sie. »Ich bin wohl ziemlich am Ende.«

»Aber du bist nicht verrückt«, sagte er nach einem Moment. »Du hörst dich an wie eine Irrsinnige, aber du siehst nicht so aus.« Was ein seltsames Kompliment war, dachte sie bei sich. »Ich werde Dubois im Auge behalten, okay?«

»Und Harris«, ergänzte sie. »Spiel ruhig noch ein paar Partien mit ihm.«

Er nickte wortlos. Sie schaltete das Funkgerät wieder ein, und er folgte ihrem Beispiel.

». . . ist eigentlich da draußen los«, klang Harris' Stimme in ihren Ohren. Sie blickte auf und sah drei rote Gestalten vor dem Schiffswrack stehen. Weder sie noch Skudder hatten auf die Umgebung geachtet.

»Alles in Ordnung«, sagte sie mit fester Stimme. »Wir kommen zurück.«

»Na großartig«, sagte Harris sarkastisch. »Wir haben Sie die ganze Zeit über nicht erreichen können. Es hätte sonstwas passieren können.«

»Das heißt, es ist nichts passiert?« fragte Charity und setzte sich in Bewegung.

Daraufhin hielt Harris einen Moment lang den Mund. »Wir haben Ausrüstung und Waffen geborgen«, sagte er dann. »Proviant für zwei Monate und Sauerstoff für vier Tage.«

»Cortez?«

»Tot«, kam die knappe Antwort. »Die Bombe scheint intakt zu sein. Soweit man das ohne einen Trost sagen kann.«

»Wie schön«, murmelte Skudder hinter ihr. Sie erreichten die kleine Gruppe. Henderson und Dubois standen hinter Harris und sahen ihnen stumm entgegen.

»Und Ihr Spielzeug, dieser Würfel?«

»Estevez schneidet ihn gerade aus dem ganzen Gerümpel heraus.« Harris kam ihr die letzten drei Schritte entgegen und verstellte ihr den Weg. »Sagen Sie, wieso haben Sie sich aus dem Funk geschaltet?«

»Privatgespräch«, antwortete sie dreist und ging an ihm vorbei, ignorierte den verwirrten Blick Hendersons und den mißtrauischen Blick Dubois'.

5

Es dauerte noch eine halbe Stunde, bis sie aufbrechen konnten. Der seltsame Transportschlitten, den die Jared aus den Teilen eines kleinen Moroni-Gleiters konstruiert hatten, war wie durch ein Wunder fast unbeschädigt geblieben, und mit vereinten Kräften konnten sie die zentnerschwere Bombe und den wesentlich leichteren Taktikcomputer aufladen. Allerdings vertraute Charity der angeschlagenen Steuerungsanlage nicht mehr.

Charity drängte zum Aufbruch. Nach ihrer Erinnerung konnte der Sonnenaufgang im Gebiet von MacDonald in jedem Moment beginnen. Ihre Schutzanzüge waren alt, und nach Jahrzehnten ohne regelmäßige Wartung bargen sie mehr als nur ein kleines Risiko für ihre Träger. Und im Vakuum war es einfacher, einen Anzug zu heizen. Eine Überhitzung dagegen war viel schwieriger zu verhindern, und die Wahrscheinlichkeit, daß sie in der Sonnenhitze Probleme bekommen würden, war hoch. In ihrer momentanen Situation konnte ein Problem nur tödlicher Natur sein. Es gab keine Bagatellen in einer von Menschen und sogar von Moroni verlassenen Gegend.

Der Transportschlitten schwebte einen halben Meter über dem Mondstaub, der unter dem Druck des Feldes geringfügig nachgab. Soweit sie die Erklärungen der Jared verstanden hatte, verteilte das Feld einfach das Gewicht des Schlittens und seiner Ladung auf eine größere Fläche und in die Tiefe hinein. Platz war knapp bemessen, und keiner von ihnen konnte sich auf dem Schlitten von den vergangenen Strapazen erholen oder sich auf die kommenden Strapazen vorbereiten. Mit einer größeren Energiezelle hätte der Schlitten auch fliegen können wie der Gleiter, aus dessen ausgeschlachtetem Wrack er hervorgegangen war, aber das Gewicht einer solchen Zelle hätte seine Kapazität weit überstiegen – und ein Gleiter mit einem Schleppkabel zur Stromversorgung machte wenig Sinn.

Ihr Weg führte sie ziemlich genau an der Furche entlang, die die HOME RUN in den Mondboden gezogen hatte. Damit bewegten sie sich zwar fast parallel zum Massetreiber, aber die Abweichungen von der geplanten Bahn hatten sie weit über das Gelände hinausgetragen, und sie befanden sich in der Nähe der Wendeschleife, wo die leeren Boosterkäfige des Massetreibers umgelenkt und in die Ladehallen dirigiert wurden. Der Anfang der Beschleunigungsstrecke mußte irgendwo dort vor ihnen liegen, und Charity wollte den Weg durch die große Verladerampe, die sich seitlich von ihnen befinden mußten, um jeden Preis vermeiden.

Der Mondstaub wallte bei jedem Schritt um ihre Stiefel herum auf, blieb dann reglos in der Luft hängen, bevor er sich wie in Zeitlupe wieder senkte. Trotz der schweren Anzüge konnten sie sich leicht bewegen, verzögert wie in

stisch. »Dir ist klar, daß wir genau in ihre Arme laufen werden?«

»Wir haben keine andere Wahl«, bekannte sie offen. »Kein Sauerstoff, keine Deckung. Hier draußen sammeln sie uns ein wie Fallobst. Zwischen den Hallen und Maschinenanlagen können sie uns wenigstens nicht orten, und das Gelände ist unübersichtlich. Wir könnten uns Jahre dort versteckt halten. Und wenn die Schienenbahnen noch funktionieren, können wir in einer halben Stunde tausend Kilometer zwischen sie und uns legen.«

»Wenn man uns nicht am Fahrkartenschalter erwischt«, sagte er mit spürbaren Widerwillen. »Ich fürchte, du hast recht. Uns gehen langsam die Möglichkeiten aus.«

»Nur gut, daß wir gerade Rast gemacht haben«, murmelte sie und blickte zu dem aufragenden Antriebsteil, unter das sie sich geduckt hatten. »Dieser ganze Schrott hat uns wenigstens vor ihren Ortungsgeräten abgeschirmt.«

Eine Vierergruppe senkte sich plötzlich herab und verschwand hinter dem Horizont. Vermutlich waren sie gelandet, während die anderen vier zur Sicherheit ihre Position beibehielten.

»Warum haben die so lange gebraucht?« sagte Charity. »Das frage ich mich schon die ganze Zeit. Selbst wenn sie am anderen Ende von Grube II gewesen wären, hätten sie nur ein paar Minuten gebraucht, bevor sie über uns gewesen wären. Wir hätten keine Chance gehabt. Und sie wußten, daß wir kommen. Wir haben uns laut genug angekündigt.«

»Sie haben uns schließlich abgeschossen«, stimmte Skudder zu.

»Warum also erst jetzt?« Sie runzelte die Stirn. »Oder kommen die gar nicht von der Basis?«

»Wie meinst du das?«

»Die Moroni-Anlagen müssen ja nicht hier sein. Vielleicht liegen wir ganz falsch.« Sie lachte. »Im wahrsten Sinne des Wortes.«

Die zweite Vierergruppe verlor an Höhe und verließ ihre Sicherungsformation. Im nächsten Moment waren alle Gleiter außer Sicht.

Charity schaltete das Funkgerät auf dem militärischen Kanal ein, der nur geringe Leistung hatte. »Los, verschwinden wir«, sagte sie und bedeutete den anderen, ihr zu folgen. »Wenn wir mit heiler Haut hinter die Hügelkette kommen, haben wir sie erst mal abgehängt.«

Sie packten hastig zusammen und setzten den Transportschlitten in Bewegung, wobei jeder sich bemühte, den westlichen Horizont im Auge zu behalten, ohne dabei aufzufallen. Innerhalb von zwanzig Minuten waren sie, in völliger Funkstille und mit vereinten Kräften den Transportschlitten ziehend, bis an die Hügelkette gelangt, die sich auf der anderen Seite als abgetragener Überrest eines ehemals riesigen Einschlagkraters zeigte, der inzwischen nicht mehr war als ein ziemlich langweiliges Plateau, bedeckt mit kleineren Kratern, die einige hundert Millionen Jahre jünger sein mochten. Im Schatten des sanft geschwungenen Kraterrandes stolperten sie auf dieses Plateau hinunter, und diesmal war ihr größtes Problem, ein Abgleiten des Schlittens zu verhindern. Charity gestattete sich ein Gefühl des Triumphes, als sie wohlbehalten im Krater angelangt waren.

So standen sie und rangen nach Luft, als plötzlich die Hügelkuppen in einem hellen Licht schimmerten, daß zunächst nur wenige hochragende Stellen erfaßte, sich dann aber langsam immer mehr ausbreitete. Es war, als zöge sich ein Saum aus weißem, kaltem Feuer über das Mondgestein. Dubois und Harris hatten ihre Waffen in den Händen, bevor sich irgend jemand bewegen konnte.

»Was ist das?« fragte Skudder, als er sich instinktiv hinter einen Felsbrocken geduckt hatte. Die anderen waren seinem Beispiel gefolgt. Er winkte hastig.

»Geh runter«, rief er. Das Licht war immer intensiver geworden. Charity blieb stehen, schutzlos auf der freien Fläche, die behandschuhten Fäuste in die Seite gestemmt. Sie schüttelte den Kopf, während sie von einem ihrer Begleiter zu den anderen sah, die ganz kleine Schar verteilt hinter dem spärlichen Sichtschutz, den Felsen und Staub bieten konnten.

Plötzlich begann sie aus vollem Halse zu lachen. Es war ein befreiendes Lachen, in dem schlagartig die ganze Last der letzten Stunden von ihr fiel, und obwohl es ein wenig hysterisch begann, wurde es immer lauter und kräftiger, je länger es dauerte. Sie lachte Tränen, hielt sich hilflos den Bauch und zeigte mit dem Finger auf ihre völlig entgeisterten Begleiter. Skudder rappelte sich auf, blieb aber auf Distanz, als wäre, was immer sie erwischt hatte, durchaus in der Lage, von Druckanzug zu Druckanzug auch ihn anzustecken. Womit er vollkommen recht hatte. Sie verlor beinahe das Gleichgewicht und stützte sich gegen einen Felsen hinter ihr. Vergessen waren die Moroni, die Jared, die Toten, vergessen war die Bombe.

»Was ist so verdammt komisch«, brüllte Skudder los. Sie versuchte mühsam, die Beherrschung zu wahren, und platzte wieder heraus.

»Keine Panik«, brachte sie schließlich heraus. Ihr Gesicht glättete sich, und sie streckte ihm die Hand entgegen. »Komm her«, sagte sie und unterdrückte einen weiteren Lachanfall. In dem Moment, in dem er zu ihr kam, schimmerte plötzlich auch ihr Helm in diesem Licht, und als er sich hastig umdrehte, sah er die Quelle dieses intensiven Lichtes.

»Jetzt«, sagte Charity mit unüberhörbarem Sarkasmus, »geht für uns die Sonne auf.«

·

Die Bunkerstadt hatte sich in den Wochen von Stones Abwesenheit nachhaltig verändert. Seit das Bombardement durch die Moroni-Streitkräfte beendet war, hielten die Jared auch die Oberfläche besetzt. Stellenweise war der Sand zu Glas geschmolzen, und die freien Flächen markierten die Stellen, an denen hochradioaktive Trümmer in der Luft abgefangener Raketen herabgestürzt waren, aber die Vegetation hatte den größten Teil der Ruinen von Köln bereits zurückerobert. Es war eine seltsam veränderte Vegetation, knorrige, schwarze Gewächse, deren blauschwarze Blätter keine Ähnlichkeit mit irdischen Pflanzen hatten. Es gab auch andere, pilzartige Formen, die Stone irgendwie an das Nest im Dom erinnerten.

Die Bunkerstadt selbst sah einem Nest täuschend ähnlich. Viele der unterirdischen Hallen und Gänge wurden nicht mehr beleuchtet, und das, was Stone in den anderen Räumen gesehen hatte, ließ ihn nicht gerade den Wunsch nach mehr Licht verspüren. Seitdem der Höhepunkt des Krieges zwischen Jared und Moroni überschritten war, waren die *Ameisen* unter den Jared in der Überzahl, und die Menschen, die in die Gemeinschaft der Jared aufgenommen worden waren, hatten sich in ihren Gewohnheiten ihren nichtmenschlichen Partnern angeglichen.

Glücklicherweise gab es noch ein paar Stockwerke nahe der Kommandozentrale, die in ihrem ursprünglichen Zustand belassen worden waren, und glücklicherweise befand sich dort auch sein Quartier. Stone hatte Zugang zu einem Computerraum, den er häufiger nutzte, seit die Jared angefangen hatten, die Kommandozentrale ihren Bedürfnissen entsprechend umzubauen. Die meiste Zeit verbrachte er allein, denn die Jared-Menschen waren ihm zunehmend unheimlich geworden in ihrer wortkargen, geistesabwesenden Verrücktheit, und anscheinend gab es in der Bunkerstadt außer ihm keinen normalen Menschen mehr. Die Tiefschlafkammern waren vollkommen leer, und außer der Handvoll Soldaten, die mit der HOME RUN gestartet waren, hatte er von den Menschen, die sich dem Krieg angeblich freiwillig angeschlossen hatten, keine Spur entdecken können.

»Paris«, murmelte er, den Blick auf die Papiere auf seinem Schreibtisch gerichtet.

»Oder die *Wastelands*.«

»Urlaubspläne?« fragte eine Stimme von der Tür her. Stone wußte bereits, um wen es sich handelte, bevor er sich umdrehte. Außer ihm gab es nur noch ein Wesen mit Humor in der riesigen Bunkeranlage, und zu allem Überdruß entwickelte dieses Wesen einen ausgesprochen perfiden Humor.

Der Zwerg grinste boshaft. »Sie sehen in der Tat erholungsbedürftig aus, Governor«, spottete er. »Was machen die Unterlagen?«

Stone tippte mit dem Zeigefinger auf die Karten, die er vor sich ausgebreitet hatte. »Ich bin fertig«, sagte er. »Ich habe jedes Moroni-Depot eingezeichnet, von dem ich jemals gehört habe, und noch ein paar zusätzlich, die ich erraten habe.« *Und wenn das nicht reicht*, fügte er in Gedanken hinzu, *dann erfinde ich eben noch welche.*

Gurk musterte ihn, als hätte er seine Gedanken erraten. »Großartig«, sagte er und setzte sich auf eine Pritsche an der gegenüberliegenden Wand. »Wir können jede Schraube gebrauchen, die wir auftreiben können.«

»Was ist passiert?«

»Erdbeben«, sagte der Zwerg lapidar. »Um genau zu sein, Eisbeben. Die arktische Scholle zerbricht, langsam aber sicher.«

»Und der Ring?«

»Das ist die spannende Frage.« Zum ersten Mal konnte Stone so etwas wie Müdigkeit im Gesicht des Zwerges erkennen. »Vielleicht schaffen wir es, das Eis auf der Innenseite vom Ring abzusprengen, bevor die Risse zu groß geworden sind. Es gibt nicht mehr viele Möglichkeiten.« Er grinste wieder. »Schließlich können wir nicht auf dem Meeresboden weiterarbeiten, oder?«

Stone rollte die Karten zusammen und reichte sie zu Gurk hinüber.

»Sie sind jetzt gewissermaßen arbeitslos, was?«

Stone zuckte die Achseln. »Ich bin froh, wenn ich hier herauskomme«, sagte er. »Köln ist nichts für mich.«

Der Zwerg nickte wissend. »Die neue Ordnung ist nichts für Sie, was?«

»Oder für sonst jemanden.«

»Ja.« Gurk kratzte sich am Kinn. Im Halbdunkel sah es für Stone fast so aus, als hätten sich seine Züge in den letzten Tagen geglättet. Tatsächlich schien Gurk immer seltener den ätzenden, bissigen Spott zu zeigen, der früher sein Markenzeichen gewesen war. Die Verantwortung bekam ihm anscheinend nicht, oder vielleicht gab er sich weniger Mühe, sein Image aufrechtzuerhalten. »Der Ring ist heute geschlossen worden, Stone. Wir haben eine Chance, trotz der Beben. Inzwischen können wir über die Maschinen dort oben das Loch direkt beobachten.«

»Ist es gewachsen?«

»Geringfügig. Ich habe noch keine weiteren Sprünge entdecken können.« Er zog etwas aus einer seiner großen Jackentaschen. »Ich habe mich in den Computern am Ring umgesehen, als wir noch dort waren. Und als unsere Freunde gerade mal in die andere Richtung geschaut haben.«

Stone setzte sich auf und blickte unwillkürlich zur Tür. Vor drei Wochen wäre es ihm nicht im Traum eingefallen, sich vor den Jared zu fürchten, aber die Veränderungen in Köln waren zu umfassend gewesen, und das Ergebnis zu fremdartig. Er vergewisserte sich, daß der Zwerg die Tür hinter sich geschlossen hatte.

»Wie zum Teufel bist du hier überhaupt hereingekommen?«

»Ich kann ganz gut mit Computern umgehen.« Gurk schwenkte ungeduldig die Hand. »Da oben auf der Baustelle habe ich ein paar interessante Dinge gefunden. Ich habe ein wenig gezögert, ob ich sie Ihnen geben soll, aber jetzt, wo Sie nichts mehr zu tun haben . . .« Er grinste wieder.

»Interessante Dinge«, wiederholte Stone vorsichtig. »Inwiefern interessant?«

»Erinnern Sie sich an die Radiosignale, die uns der bezaubernden Gegenwart von Charity Laird beraubt haben?« Der Zwerg stand auf und blieb vor Stones Schreibtisch stehen. »Die Signale kamen aus dem Loch«, sagte er. »Die Jared haben einen Teil der Signale an verschiedenen Stellen empfangen, und sie haben den Ursprung rekonstruieren können.«

»Die Nachricht kam vom Pol?«

»Kaum«, sagte Gurk verärgert. »Sie kann von überall hergekommen sein. Wir wissen nur, *daß ein funktionierender Transmitter* in der Nähe gewesen sein muß.«

Natürlich, dachte Stone überrascht. »Das Loch funktioniert als Transmitter?«

Der Zwerg verzog verächtlich das Gesicht. »Solange Sie nichts als Radiosignale oder Kartoffelpüree hindurchschicken. Ich habe es Ihnen doch gesagt, Stone, die Durchgangsstellen sind immer dieselben, und das ganze Zeug drumherum ist nur Brimborium.«

Er warf etwas auf den Tisch, das er die ganze Zeit in der Hand gehalten hatte. Stone erkannte eine Computerdisk.

»Was ist das?«

»Die Original-Aufzeichnung der Botschaft«, sagte der Zwerg gedehnt. »Inklusive der Stellen, die die Jared angeblich nicht aufgefangen haben oder die sie angeblich nicht entschlüsseln konnten.« Er beugte sich mit verschwörerischer Miene zu Stone herüber. »Vielleicht sind unsere Freunde mit menschlichen Funkzeichen nicht so vertraut, wissen Sie?«

»Ich dachte, daß Ihnen vielleicht noch etwas einfallen könnte, Governor.«

Er drehte sich um und ging zur Tür, bevor Stone ein Wort herausbringen konnte. Der Governor starrte die kleine Disk an, als handele es sich um einen besonders giftigen Käfer.

»Vielleicht schaffen Sie es auf diese Weise doch noch in den verdienten Ruhestand«, fügte Gurk noch hinzu, bevor er die Tür hinter sich schloß.

Ihre Glückssträhne setzte sich fort. Im Licht der Sonne, die das Gelände der MacDonald-Basis inzwischen vollständig erfaßt hatte, glänzten die Baugerüste des Massetreibers, keine vier Kilometer von der Hügelkette entfernt. Die Absturzstelle lag nicht so weit im Osten, wie sie angenommen hatten, und das Gelände war bei weitem nicht so unwegsam wie befürchtet. Auf ihrem Weg passierten sie leere Frachtcontainer und Haufen von Plastikbehältern, Fahrzeugwracks und Dingen, die zu irgendwelchen Gebäuden gehört haben mußten. Charity begriff nach einiger Zeit, daß sie sich dem Gelände über einen Schrottplatz näherten. Ein Dutzend Kettenfahrzeuge stand aufgereiht, die Motoren zerlegt oder komplett ausgebaut, einige der Ketten gebrochen und hinter den Fahrzeugen ausgerollt. Drei große Tanks für Gas oder Flüssigkeit lagen nicht weit entfernt, der mittlere Tank mit einem Loch, in das man einen Kampfpanzer hätte fahren können. Viele der seltsamen Umrisse hatten Zwecken gedient, die Charity nicht einmal vermuten konnte.

Es war nicht zu befürchten, daß die Moroni zwischen all diesem Gerümpel ihre Spur wiederfinden würden. Sie wahrten weiter die Funkstille, verständigten sich mit Handzeichen und bugsierten den Transportschlitten zwischen dem Müll hindurch zu dem Gebäudetrakt, der sich immer deutlicher vor ihnen abzeichnete. Das Sonnenlicht hatte die Temperatur in die Höhe getrieben, und nach zwanzig Minuten schwitzten sie stumm in ihren Anzügen, die erste Zeichen von Überlastung zeigten.

Nach weiteren fünfhundert Metern entdeckte Charity eine breite Rampe, die in eine gewaltige Halle führte, vermutlich ein Hangar für eine der großen Baumaschinen, an die sie sich noch dunkel erinnern konnte. Das Metall glänzte stumpf, aber sowohl die Rampe als auch die Halle lagen im Schatten der großen Tanks. Ihr Anzug-Thermometer zeigte fünfunddreißig Grad an, und sie spürte ihre Wäsche wie eine zweite, schweißnasse Haut. Flüchtig registrierte sie, wie absurd langsam die Schweißtropfen sich von ihren Brauen lösten und irgendwo in ihren Kragen fielen. Die Dunkelheit wirkte unglaublich einladend. Sie bedeutete den anderen mit ein paar Handzeichen, ihr in sicherem Abstand zu folgen. Skudder, Harris und Dubois kamen mit dem Transportschlitten hinterher, während Henderson, Steiner und Estevez zu ihr aufschlossen. Charity sah die Verbindungsgänge von der Seitenwand des Hangars hinüber zu dem riesigen Gebäudekomplex, der sich wie eine Muschelschale über die Schienen des Massetreibers erhoben. Die Beschleunigungsstrecke war in fünfzig Metern Höhe über dem Boden auf viele Meter durchmessenden, massiven Trägerstelzen gelagert, weil die gewaltigen Magnetfelder jede Elektronik störten und alles Metall zu einer Gefahr werden ließen. Im Betrieb hatte man den gesamten Abschnitt um die Hochstrecke gesperrt. Die eigentliche Katapultschiene des Massetreibers war so breit wie eine achtspurige Autobahn. Sie konnten sie vom Boden aus nur von der Seite sehen, aber Charity erinnerte sich an die gewaltige Wanne, die sich pfeilgerade bis zum Horizont zog, wie ein Kanal, aus dem jemand alles Wasser abgelassen hatte. Die Verladerampen waren so ausgedehnt wie eine Werft für Öltanker und so komplex wie ein Flughafenterminal. Der Hangar stellte nur einen kleinen Schuppen in der gesamten Anlage dar, mit einem

Kabinenschacht oder einem Laufband beiläufig mit dem Zentrum verbunden, aber das machte ihn zum idealen Hintereingang.

Sie löste ihren Waffengurt von der Schulter und entsicherte das Gewehr. Sie trug dieselbe Waffe wie die anderen, eine Space-Force-Waffe, die sie nur ein oder zweimal in der Hand gehabt hatte, eine rückstoßfreie Projektilwaffe, keinen Laser. Auf dem Mond war alles gegen hohe Temperaturen und intensives Licht geschützt worden. Und es fiel wesentlich leichter, eine großkalibrige Waffe samt Munition mit sich herumzuschleppen. Das unförmige Ding verschoß kleine, durchschlagende Wuchtgeschosse in unglaublich hoher, vollautomatischer Folge und aus einem zweiten Lauf Explosivgeschosse und Raketengeschosse. Der Granatwerfer saß hinter dem dritten, unteren Rohr, ein Treibsatzsystem mit Einzelschuß-Kontrolle. Die Begriffe fielen ihr nacheinander wieder ein, als sie die Bedienungstasten am Kolben berührte und die Bereitschaftslampen prüfte. Leuchtende Zahlen sprachen von gefüllten Magazinen und entsicherten Rotationsverschlüssen.

Sie hob die Waffe an die Schulter. Das Zielgerät befand sich in ihrem Helm, nicht an der Waffe, wo es nutzlos gewesen wäre.

Ein dünnes Kabel verband die Waffe mit ihrem Anzug, und ein durchsichtiges Display klappte wie eine Spielkarte aus Glas vor ihrem rechten Auge herunter, als sie den entsprechenden Schalter umlegte. Diesen Teil hatte sie früher immer besonders lächerlich gefunden, aber jetzt war sie dankbar für die Sicht, die ihr das Zielgerät bot. Ein tanzendes Fadenkreuz markierte die Stelle, die sie mit der Waffe anvisiert hatte.

»Ein System für Revolverhelden«, murmelte sie in der Stille ihres Helms. Inzwischen schwitzte sie so sehr, daß Helmvisier und Display schon leicht beschlagen waren. Nun, wenn die Präzisionstechnologie versagen sollte, entwickelte die Waffe immer noch eine verheerende Feuerkraft.

Sie ließ Lauf und Blick durch die Dunkelheit wandern, während sie den Fuß der Rampe erreichten und sich vorsichtig hinaufbewegten. Estevez und Henderson blieben ein wenig zurück. Der Gedanke, daß Henderson eine entsicherte Waffe in der Hand hielt, beruhigte Charity nicht sonderlich. Aus den Augenwinkeln sah Charity, daß Dubois ebenfalls ihre Waffe in der Hand hielt und den Himmel über und hinter ihnen absuchte, für den Fall, daß sie so kurz vor dem Ziel noch entdeckt werden sollten. Im gespenstisch grünen Schimmer des Restlichtverstärkers gewannen die Wartungskräne und die gewaltigen Greifarme der Reparaturanlagen langsam Konturen. Die Halle war leer; welche riesenhafte Maschine sich darin auch immer befunden haben mochte, sie war fort.

Sie erreichten die Schattenlinie. Charity verzichtete auf ihre Helmscheinwerfer, doch die schwachen Kontrollampen innerhalb des Helm ließen die Gesichter in der Dunkelheit schimmern. Die beiden Männer hinter ihnen wuchteten mühsam den widerspenstigen Transportschlitten die Rampe hinauf. Sie wartete, bis Steiner aufgeschlossen hatte, dann betraten sie nebeneinander die Halle.

Innen schaltete Charity den Kanal mit kurzer Reichweite ein und bedeutete den anderen mit einem Wink, es ihr gleichzutun. »Niemand daheim«, sagte sie, während Skudder und Harris den Schlitten mit einer letzten Anstrengung in die Halle wuchteten, über die Kante am Ende der Rampe hinweg.

»Was ist das hier?« fragte Harris.

»Unterstand für einen Montage-Kran«, vermutete sie. »Sie können sich eines merken, Harris, hier oben ist alles riesig. In der niedrigen Schwerkraft kann man wirklich große Spielzeuge bauen. Nach den ersten Jahren hatte ich manchmal das Gefühl, die Ingenieure seien alle ein wenig verrückt geworden.«

Skudder blickte zu der vierzig Meter über ihnen gezogenen Decke auf. »Sieht nicht sehr stabil aus.«

»Leichtbauweise«, stimmte sie zu, während sie noch einmal das Innere absuchte. »Ist zur Abwehr des Sonnenlichts und der Mikrometeoriten gedacht. Vermutlich hat das Dach Hunderte von millimetergroßen Löchern, wo die etwas größeren Teilchen eingeschlagen sind.« Sie grinste. »Eine Handvoll Schußwaffen würde dieses Ding über uns zusammenbrechen lassen. Aber es schirmt auch den Funk ab, und irgendwo da vorne ist eine Tür, durch die wir in die eigentliche Basis kommen.«

»Und was dann?« fragte Skudder erschöpft.

»Direkt hinter den Verladerampen lag ein militärischer Komplex, darunter die Kontrollzentrale für den Massetreiber und die Werftanlagen. Und dahinter sind die Kabinenrohre zum Tagebaugebiet. Wenn wir überhaupt irgend etwas finden, dann dort oder in der Zentrale. Und es gibt mit Sicherheit Wasser, Strom und Proviant. Selbst wenn die Moroni damals hiergewesen sind, können sie nicht alles in Stücke geschossen haben, und unser Zeug hat sie nie besonders interessiert.« Ihr Anzug kühlte spürbar ab, und sie nahm erleichtert zur Kenntnis, daß ihr keine weiteren Schweißtropfen von der Stirn fielen. »Beeilen wir uns. Ich könnte ein Bad gebrauchen.«

Sie gingen weiter in die Halle hinein. Der Transportschlitten glitt lautlos und leicht über dem Betonboden dahin. Harris und Estevez legten ihre Waffen auf der Ladefläche ab und übernahmen die Riemen. Sie wichen ein paar Kisten aus, die gelbe und rote Warnzeichen trugen, und kamen an ein paar Kabelbäumen vorbei, von denen mehrere Bündel wirr herunterhingen. Schläuche lagen auf dem Boden. Eine große Stahlplatte bedeckte den Boden und verschloß vermutlich irgendeine Wartungsgrube. Charity wich der geriffelten Metallfläche aus und ging am Rand der Grube entlang. Steiner überholte sie auf der anderen Seite und war ein paar Meter vor ihr, als sie die Platte umgangen hatte. Einer der Container war umgekippt und aufgeplatzt, und ein Dutzend Verpackungseinheiten lagen auf dem Boden verstreut. Es war wie eine surrealistische Landschaft aus Müll und Vakuum-Kartons. Hinter ihr erreichte Henderson die Platte, und bevor sie etwas sagen konnte, setzte er den Fuß auf die freie Fläche. Irgendwo vor ihnen leuchtete ein kleines rotes Licht auf.

»Was . . .«

Steiners Druckanzug brannte wie eine Fackel, als der unsichtbare Laserstrahl zwischen den Verstrebungen hindurch sein Ziel fand. Dann explodierte sein Rückentornister, und gleich darauf die Magazine seiner Waffe, und er verschwand in einer geräuschlosen, riesigen Feuerlohe.

Keiner von ihnen hatte Zeit gehabt, irgendwie zu reagieren. Charity ließ sich nach vorn fallen und ging zugleich in die Knie, um die Bewegung in der niedrigen Schwerkraft zu beschleunigen. Ihre Finger zogen alle drei Auslöser gleichzeitig durch, und die dreigeteilten Rückstoßflammen aller drei Läufe zeichneten einen Feuerkranz in die Dunkelheit. Die Explosion der Granate zerfetzte einen Kabelschacht, eine Wand und mehrere Geräte, die sie nicht identifizieren konnte, weil sie nur im Moment der Detonation in Licht getaucht waren. Die Explosivgeschosse zeichneten in völliger Lautlosigkeit eine Wolke aus Trümmern und Glut. Sie konnte die Vibrationen schwach im Betonboden spüren und rollte sich zur Seite ab, erkannte aber noch, daß sie das rote Licht verfehlt hatte. Irgend jemand schoß über sie hinweg in die Dunkelheit, und Henderson jagte eine Geschoßsalve in die Decke über ihnen, sinnlos und vermutlich unbeabsichtigt. Hinter ihr streifte ein zweiter Laserpuls den Transportschlitten, und Fetzen aus Metall und Plastik rissen von der Seite des Schlittens ab.

Ihre Glückssträhne war definitiv zu Ende gegangen.

6

Der Transportschlitten begann plötzlich zu schwanken, und dann zerplatzte eine Verstrebung auseinander, getroffen von einem weiteren Laserpuls, der eigentlich Harris gegolten hatte.

Charity brachte ihre Waffe in Anschlag und richtete sie dorthin, wo ihrer Erinnerung nach das rote Licht gewesen war – die Ladeanzeige der Laserkanone, so hoffte sie. Dann zog sie dreimal den unteren Auslöser durch. Drei Granaten schlugen dicht übereinander in der Dunkelheit ein, und der dreifache Lichtblitz blendete sie lange genug, damit sie den Erfolg dieser Salve nicht erkennen konnte. Zumindest hatten die anderen das Feuer eingestellt.

In der Finsternis vor ihnen regneten glühende Trümmer herab, die rasch wieder dunkel wurden. Im Infrarot konnte sie erkennen, wie rasch sogar die Trümmerstücke auskühlten. Dann geriet irgend etwas, das hoch und massiv war, ins Schwanken und neigte sich ihr entgegen. Sie ging das Risiko ein und sprang auf, rannte dem kippenden Stahlträger entgegen, auf den unbekannten Gegner zu. Kein Schuß schlug ihr entgegen und verwandelte sie in eine Fackel, aber sie übersah ein Trümmerstück und stürzte, die freie Hand schützend vor den Helm gelegt. Hinter ihr schaltete jemand einen Scheinwerfer ein, und der Lichtkegel zeigte ein gewaltiges Loch in einer Reihe von Schränken und Regalen, die mit Elektronik und Kabeln angefüllt waren. Zwei weitere Löcher gähnten ganz in der Nähe in der Rückwand der Halle. Die Rückwand begann sich vor ihren Augen aufzulösen, die gewaltigen, mehrere Meter messenden Platten fielen in Zeitlupe auseinander.

»Raus hier«, rief sie über Funk und plagte sich auf. Zwei noch zusammenhängende Platten stürzten über die Trümmerlandschaft, die ihre Granaten hinterlassen hatten. Sie sah sich um, lange genug, um sich zu vergewissern, daß die anderen zurechtkamen, und sprintete auf das Portal zu, das etwa dreißig Meter entfernt lag. Ein dickes Bündel Kabel stürzte auf den Betonboden, und Plastiksplitter flogen gemächlich nach allen Seiten. Auf halber Strecke kniete sie sich hinter die Deckung eines leeren Kanisters und spähte durch die Zieloptik auf das Portal.

Es lag verlassen vor ihr. Die Kontrollen der zweiteiligen Tür waren abgeschaltet, und die Tür war geschlossen. Eine mechanische Handbedienung für Notfälle war direkt neben der Konsole angebracht, halb verborgen hinter einer knallroten Abdeckplatte, die lose in einem Scharnier hing.

Sie drehte sich zu den anderen, die geduckt über die freie Fläche hasteten, die Waffen im Anschlag. Keiner der Anzüge zeigte Brandspuren. Anscheinend hatten sie mehr Glück gehabt als Steiner. Skudder und Harris zogen den tiefem Wasser, aber ohne erkennbare Anstrengung. Skudder und Harris zogen mit improvisierten Riemen den Schlitten hinter sich her. Keiner von ihnen wollte riskieren, die Steuerungsanlage des Schlittens zu benutzen, mit dem Risiko, den Schlitten ganz zu verlieren. Es war ein bizarres, beinahe absurdes Bild – zwei Männer stemmten sich in Gurte und zogen einen Schlitten, der nicht auf Kufen über den unwegsamen Boden glitt, sondern in Kniehöhe schwebte, wie von Geisterhand getragen. Zusammen mit den anderen, die neben und vor ihnen dahinstapften, wirkten sie wie eine Polarexpedition, die zur falschen Zeit am falschen Ort war, auf der Suche nach Eis, das es auf diesem Himmelskörper seit Jahrmilliarden nicht mehr gab. Charity und Dubois leuchteten mit den Scheinwerfern den Weg ab, und hin und wieder stockerten sie mit dem Kolben ihrer Waffen im Mondstaub, um sich zu vergewissern, daß der Untergrund stabil war. Henderson, Steiner und Estevez gingen neben dem Schlitten, die entsicherten Gewehre in den Händen. In regelmäßigen Abständen lösten sie einander in den verschiedenen Rollen ab.

Auf diese Weise konnten sie in drei Stunden etwa zwölf Kilometer zurücklegen, bevor die Anstrengung sie langsamer werden ließ. Das Gelände wurde zerklüfteter, immer häufiger schoben sich Felsen wie spitze Zähne aus dem Mondstaub in die Höhe, und Geröll lag an den Hängen, die unmerklich immer mehr Neigung bekamen. Nach anderthalb Kilometern erreichten sie das Ende der Furche, die ihr Schiff hinterlassen hatte.

»Ein ziemliches Stück«, sagte Skudder, der wie Harris inzwischen zum dritten Mal vor dem Schlitten stand und deutlich schwerer atmete als am Beginn des Marsches.

Charity musterte mit leichtem Entsetzen die großen Felsbrocken, die den Anfang der Schleifspur säumten. Die HOME RUN hatte keinen davon erfaßt, zu ihrer aller Glück, denn an diesen großen Felsgebilden wäre die

Hülle zerschellt wie eine Eierschale. Trümmerstücke, die sich beim ersten Aufprall gelöst haben mußten, lagen in kleinen und größeren Kratern.

»Wir haben viel Glück gehabt«, meinte Charity nur. »Legen wir eine kleine Rast ein. Wir haben vielleicht die Hälfte geschafft, und von hier an wird es nur noch unübersichtlicher.«

Sie bugsierten den Schlitten an ein vier Meter hohes Bruchstück eines Triebwerks heran und hockten sich in ihren Druckanzügen in die Senke, die die Wucht des Aufpralls gegraben hatte. Das pulverisierte Gestein schwebte wie federleichter Nebel um sie herum und senkte sich erst wieder, als sie eine Weile ruhig gesessen hatten.

Die Nahrungsaufnahme erforderte glücklicherweise mehr Geschicklichkeit als körperliche Anstrengung. Sie mußten kleine Tuben oder Flaschen an eine Öffnung vor dem Helmkinn anschließen. Innen im Helm war ein kleiner mechanischer Greifarm angebracht, dessen einzige Funktion es war, einen Schlauch bis zwischen die Lippen des Trägers zu führen. Preßte man den Behälter außen am Helm zusammen, dann gelangte bei offener Kupplung ein geschmackloser und farbloser Nährstoffbrei in den Mund des Unglücklichen, der in dem Druckanzug steckte.

Charity hing dunklen Gedanken nach, während sie lustlos auf der zweiten Tube herumdrückte, die angeblich Putenfleisch und Senfsoße enthielt. Der pappige Geschmack lenkte ihre Erinnerungen zu einen anderem Teil der Vergangenheit, die vor sechzig Jahren spurlos verschwunden war. Und das wiederum erinnerte sie an ein Versprechen. Nun, dieses Versprechen würde sie halten können.

»Skudder«, sagte sie.

»Ja?« Er drückte an einer eigenen Plastiktube herum, deren Inhalt ihm keine echte Begeisterung entlocken konnte.

»Du wolltest doch wissen, woher der Name Mac-

Donald stammt«, sagte sie. Er nickte in seinem Helm. »Nun«, sagte sie und hob die dritte Tube, die sie in der Hand hielt, »sie waren berühmt für so etwas hier.«

Er verzichtete auf eine Antwort.

»Damals mußte man nicht auf den Mond, um solche Köstlichkeiten zu genießen«, fügte sie mit aufgesetzter Wehmut hinzu. »Damals, vor sechzig Jahren, da ging man einfach auf die andere Straßenseite oder setzte sich ins Auto, und schon war man da. Jeder konnte sich so etwas leisten.«

»Die gute, alte Zeit«, spottete Harris.

»Ja«, sagte sie grinsend. Dann drückte sie noch ein letztes Mal die Tube Putenfleisch in Senfsoße zusammen. Ihr Grinsen verschwand.

Verdammt, sie vermißte es tatsächlich.

»Vielleicht hat die Invasion auch ihre guten Seiten«, murmelte Skudder zwischen zwei Bissen.

Gerade als sie zu einer Antwort ansetzte, bemerkte sie aus den Augenwinkeln ein metallisches Blinken am Horizont.

»Funk aus«, sagte sie und ließ sich auf die Knie fallen. Die anderen starrten sie sekundenlang überrascht an. Wertvolle Zeit verstrich, bevor sie ohne weitere Worte gehorchten. Sie duckten sich nebeneinander in den Krater. Charity spähte aus der Deckung des zertrümmerten Triebwerks heraus die Furche entlang, die sie gekommen waren.

Acht silberne Scheiben bewegten sich auf den Absturzort der HOME RUN zu. Sie kamen aus der Richtung der Verladerampen oder von der dahinterliegenden Grube II. Charity hielt den Atem an und wartete auf die Kursänderung. Die Scheiben flogen einen leichten Bogen, näherten sich dann dem Boden und flogen weiter an der Furche entlang, noch immer dem Absturzort entgegen. Sie atmete erleichtert auf. Ein Mann robbte an ihre Seite. Trotz des abgeschalteten Helmlichts erkannte sie Skudder. Er tippte ihr rechtes Handgelenk an, und sie bemerkte, daß sie noch immer die Tube in der Hand hielt. Wütend verriegelte sie den Anschluß und befreite sich von dem Behälter.

Sie ließ den Helm zu ihm kippen, bis die Visierscheiben aneinanderlagen.

»Neun oder zehn Kilometer«, sagte sie mit gesenkter Stimme.

»Sie haben uns nicht entdeckt«, sagte Skudder mit mehr Sicherheit, als sie empfand. Sie entschloß sich, seinem Instinkt zu vertrauen.

»Fliegen zum Wrack«, sagte sie. »Also sind sie doch hier oben.«

»Ich vermute, daß sie das Wrack gründlich untersuchen werden«, versetzte Skudder. »Wie lange wird es dauern, bis sie bemerken, daß es Überlebende gegeben hat?«

»Keine Ahnung«, sagte sie. »In dem Durcheinander merken sie es nie, oder vielleicht schon nach zehn Minuten. Wir haben Spuren hinterlassen.« Sie stieß einen stummen Fluch aus. »Verdammt, wir sind viel zu sorglos gewesen.«

»Sie müssen uns erst mal finden.«

»Unsere Fußabdrücke werden noch in Millionen Jahre zu sehen sein«, versetzte sie grimmig. »viele kleine Schritte für einen Menschen . . .«

»Was?«

»Vergiß es. Ich muß langsam mal auf das achten, was ich so rede.« Die Gleiter näherten sich inzwischen dem Horizont. »Wenn sie außer Sicht sind, packen wir ein und verschwinden.«

»Wohin?«

Sie sah nach hinten, wo die andern kauerten, die kein Wort von ihrer Diskussion mitbekommen konnten. »Zum Massetreiber. In zwei Stunden können wir dort sein, wenn wir ein wenig Glück haben.«

»Wäre ja mal etwas anderes«, meinte Skudder sarka-

Schlitten, der etwas lädiert aussah, der aber seine Höhe hielt, obwohl er deutlich nach vorn links abgekippt war.

»Vorsicht«, rief sie und deutete auf das Portal. Sie blieben stehen, kamen dann vorsichtig heran und bezogen neben ihr Position.

»Alles in Ordnung?« fragte Charity.

»Wir sind am Leben«, sagte Skudder nur. »Steiner ist tot.«

»Ich hab's gesehen«, meinte sie. »Hat irgend jemand gesehen, wie viele auf uns geschossen haben?«

»Nur ein Geschütz«, erwiderte Dubois, deren Blick immer wieder die Umgebung nach Zielen absuchte. »Vermutlich eine transportable Laserkanone.«

»Alle zwei Sekunden ein Puls«, ergänzte Harris. »Langsam, aber der Feuerstoß hat Stahlplatten zerschlagen.«

»Was ist mit dem Schlitten?«

Skudder warf ihr einen Blick zu, eine undeutliche Bewegung hinter dem Helmvisier. »Keine Ahnung«, sagte er nur.

»Vielleicht könnte jemand meine Befestigung überprüfen«, meldete sich eine andere Stimme. Charity hatte die Waffe ein wenig gehoben, als sie sich an den Tonfall erinnerte. Sie sah sich um. An der kleinen Frontkonsole des Würfels blinkte eine gelbe Bereitschaftslampe.

»Funk?« fragte sie Harris erstaunt.

»Bevor ich von der Ladefläche rutsche«, ergänzte der Würfel.

»Harris, das ist Ihr Baby«, sagte Charity, als sie ihre Überraschung überwunden hatte. »Kümmern Sie sich darum. Und bringen Sie ihn zum Schweigen.«

»Wie Sie wünschen«, antwortete er leicht beleidigt. Sie ignorierte ihn und seine Spielzeuge und wandte sich zu Dubois und Estevez um.

»Die Tür ist zu«, sagte sie. »Im Moment haben wir unsere Ruhe, aber das wird nicht lange so bleiben.«

»Wir müssen weiter«, stimmte Skudder zu. »Durch die Tür.«

»Natürlich.« Charity verzog das Gesicht. »Die Frage ist, wie wir das anfangen?«

»Wir schlagen ein Loch in die Tür«, schlug Dubois vor. »Und danach schlagen wir ein Loch in alles, was hinter der Tür herumsteht.«

»Das ist der Hintereingang«, erwiderte sie mißmutig. »Wenn wir uns reinschleichen wollen, sollten wir nicht mal anklopfen, geschweige denn die Tür eintreten.«

»Darauf kommt es wohl nicht mehr an«, warf Skudder ein, »jetzt, nachdem wir sozusagen schon die Mülltonnen umgeworfen haben.«

Charity verdrehte die Augen. »Ich werde mir das abgewöhnen«, murmelte sie und nahm die Waffe in Anschlag. »Okay«, sagte sie dann und warf der Handbedienung einen bedauernden Blick zu. »Marie, machen Sie ihre verdammten Löcher in die verdammte Tür. Und lassen Sie noch irgend etwas stehen.«

»Verstanden«, versetzte Dubois humorlos und zog durch. Die erste Explosion schleuderte die Türflügel auseinander, und die Leuchtspuren mehrerer Raketen bohrten sich mit erschreckender Präzision zwischen den auseinanderklaffenden Stahlplatten in die Dunkelheit.

Es blieb ruhig. »Los«, sagte Charity, als die Qualmwolken sich als Staub niederschlugen. »Beeilen wir uns, ehe der Hausherr eintrifft.«

Sie liefen gestaffelt los, die einen gaben den anderen Deckung, bis Estevez mit einem Stiefeltritt den verbogenen rechten Türflügel zur Seite schob und sich in den Gang dahinter duckte. Charity folgte ihr hastig, schaltete mit einer Fingerbewegung den kleinen Punktscheinwerfer an ihrer Waffe ein. Ein kleiner Lichtkegel tanzte über den glatten, schwarzen Boden.

»Ein Laufband«, sagte sie enttäuscht und hob die Waffe. Der Lichtfleck verschwand mit rasender Geschwindigkeit in der Ferne. »Mindestens zwei Kilometer. Na großartig.«

»Es funktioniert nicht«, vermutete Estevez.

»Scharf beobachtet«, schnappt Charity. Dubois riß den anderen Türflügel zur Seite und half den beiden Männern, den Transportschlitten in den Gang zu bugsieren, der drei Meter breit und sehr dunkel war. Das Laufband hatte anderthalb Meter Breite und eine leichte Steigung, so daß keiner von ihnen neben dem Schlitten hergehen konnte. Henderson bildete die Nachhut. Sie sah, wie er mit der Waffe in den Trümmern der Tür hängen blieb, und schüttelte stumm den Kopf.

»Geben Sie uns Deckung, Henderson«, sagte sie laut. »Und richten Sie Ihre Waffe nach hinten.«

»Okay«, sagte der Soldat und stolperte über eine Verstrebung.

»Machen wir uns auf den Weg«, sagte sie ergeben und blendete den Scheinwerfer auf, bis er die ganze Breite des Gangs ausleuchtete. »Ich glaube nicht, daß die Moroni diesen Weg benutzt haben, um in den Hangar zu kommen. Sie hätten das Transportband nicht abgeschaltet.«

Sie setzten sich in Bewegung, wobei sie den Schlitten mit der inzwischen neu befestigten Bombe und dem Würfel hinter sich herzogen. Der Gang war so luftleer wie der Hangar, was bedeutete, daß am anderen Ende eine Druckschleuse und ein Magazin für Anzüge und Gerät auf sie wartete. Solange sie sich noch im Vakuum befanden, bedeutete ein Treffer den sofortigen Tod, zumindest eine drastische Einschränkung der Bewegungsfreiheit. Die Druckanzüge hatten an Beinen, Armen und Taille Notfall-Verriegelungen, die den totalen Druckverlust für einige Minuten aufschieben konnten, dabei aber meistens auch die Blutzufuhr abschnitten, und das abgeschnürte Körperteil zu völliger Unbeweglichkeit verdammten.

Das Band vibrierte unter ihren eiligen Schritten, und Charity verfluchte innerlich die Lautlosigkeit des Vakuums. In den Teilen der Basis, die unter Druck standen, würden sie wenigstens einen akustischen Alarm hören können, ganz zu schweigen von dem Lärm, den sie selbst produzierten. Die Moroni waren gründlich, und kleine Taster für Erschütterungen und Licht waren billig und leicht anzubringen. Ihre einzige Chance hatte darin gelegen, daß das Gelände der MacDonald-Basis eigentlich zu groß gewesen war für eine vollständige Absicherung, aber sie hatten wieder einmal vergessen, wie zahlreich die Moroni waren. Beiläufig fragte sie sich, wann sie diese Kanone in dem Hangar montiert hatten und ob sie vielleicht auf den kleinen Trupp gewartet hatte.

»Zu wenig«, murmelte sie.

»Was?« fragte Dubois, die neben ihr ging.

»Es waren zu wenige Moroni im Hangar«, führte Charity aus, »oder zu viele, je nachdem, wie man es sehen möchte.«

»Ich habe keine Moroni gesehen«, warf Skudder ein.

»Ich auch nicht«, stimmte Harris zu. »Ich habe nicht einmal diese Kanone gesehen.«

»Da war eine Lichtanzeige«, entgegnete Skudder.

»Genau«, sagte Charity. »Eine Ladekontrolle. Sobald die Kanone wieder feuerbereit ist, leuchtet sie auf.« Sie versuchte sich zu erinnern, was sie gesehen hatte, bevor die Explosionen sie geblendet hatten. »Ich habe sonst nichts erkennen können«, ergänzte sie nachdenklich.

»Die Salve muß alles in Stücke gerissen haben«, meinte Harris. »Und was die Granaten übriggelassen haben, hat die Wand unter sich begraben.«

»Vielleicht.« Charity wußte, daß ihr Tonfall nicht gerade überzeugt klang. »Wir wissen lediglich, daß da eine Kanone war und daß wir sie getroffen haben. Solche Kanonen sind zu schwer, um sie innerhalb von dreißig Sekunden an einen anderen Standort zu schaffen.«

»Und eine Kanone wird von jemandem bedient«, sagte Skudder.

Das Scheinwerferlicht wurde von einer Wand reflektiert, fünfzig Meter vor ihnen. »Achtung«, sagte Charity und hob die Hand. »Wir gehen besser etwas langsamer.« Die anderen blieben stehen. Einen Moment verharrte die Welt regungslos. Dann setzte sich das Laufband mit einem heftigen Ruck in Bewegung, genau auf die verschlossene Schleusentür zu.

»Hinlegen«, schrie Charity, die ohnehin das Gleichgewicht verloren hatte, und wünschte sich verzweifelt höhere Schwerkraft. Die Scheinwerfer tanzten wild durcheinander und beleuchteten wahllos Stellen an Decke, Boden und Wand an, die sich rasch an ihnen vorbeibewegten. Skudder und Harris wurden in ihren Riemen von den Beinen gerissen, da der Schlitten hinter ihnen zurückblieb. Henderson, der erstaunlicherweise nicht das Gleichgewicht verloren hatte, prallte gegen den Schlitten und hielt sich daran fest. Das Laufband wurde immer schneller, hatte sie schon über die ersten fünf, zehn Meter getragen und beschleunigte immer mehr. Sie waren schon zu nahe an der Schleuse, um das Tor mit panzerbrechenden Granaten aufzusprengen. Der Rückschlag der Explosion hätte sie alle getötet. Charity rollte sich herum und drückte Dubois' Waffe sicherheitshalber zur Seite. Die Dunkelheit vor ihnen teilte sich plötzlich und hellweißes Licht schlug ihnen entgegen, zunächst nur eine dünne Linie, die quälend langsam immer breiter wurde, während sich die Entfernung mit rasender Geschwindigkeit immer mehr verringerte.

Im nächsten Moment wurden sie in eine große Schleusenkammer geschleudert. Charity schützte ihren Helm mit dem linken Arm und preßte die entsicherte Waffe mit dem rechten Arm eng an ihren Körper. Sie rollte hilflos über den glatten Boden, bis eine harte Metallkante gegen ihren Rücken schlug und ihre Bewegung schmerzhaft stoppte. Estevez, die sich irgendwie auf den Beinen hatte halten können, stolperte in den Raum und kam über Dubois zu Fall. Bevor irgendeine von ihnen reagieren konnte, folgten die beiden Männer, die sich verzweifelt an dem Band festgekrallt hatten. Diesmal wirkte sich die Masse des Schlittens in der anderen Richtung aus, und der Schlitten glitt über Skudder und Harris hinweg und zog sie ein Stück mit sich, ehe er gegen die andere Tür der Druckschleuse prallte und dabei Henderson abwarf.

Dabei kippte er eine Halterung um, die vor der inneren Tür gestanden hatte, und ein zylindrischer Behälter sprang aus seiner Befestigung und rollte auf Charity zu, die ihn instinktiv mit der Hand stoppte. Dann sah sie die Aufschrift, riß ihn hoch und schob ihn über den Boden auf den Gang zu, den sie gerade erst verlassen hatte. Estevez die alles mitangesehen hatte, starrte sie mit schreckgeweiteten Augen an.

»Die Tür zu«, schrie sie. »Da drüben, die rote Taste.« Harris war aufgesprungen und blickte in die Richtung, in die sie deutete, dann schlug er mehrmals mit der flachen Hand auf die Taste. Nichts geschah.

»Weg von der Tür«, rief Charity und kam auf die Knie. Harris sah sie verwirrt an, zog sich dann hastig zur Seite, als sie an ihm vorbei auf die innere Schleusentür zielte. Die Explosivgeschosse stanzten acht faustgroße Löcher in den blanken Stahl, und gleich darauf wirbelte Luft in die Kammer und schlug sich sofort in weißem Nebel nieder. Ein gelbrotes Warnlicht links über der Tür drehte sich plötzlich. Im nächsten Moment schlugen die äußeren Türflügel zusammen, als die Notautomatik die Druckschleuse nach außen verriegelte.

»Was war das für ein Ding?« fragte Skudder. Charity ließ die Waffe fallen und griff nach dem Stellrad, mit dem sich die innere Tür von Hand öffnen ließ.

»Das war eine Bombe«, erklärte sie keuchend. »Wenn die Außentür nicht hält, sind wir geliefert.« Sie setzte das Rad in Bewegung. »Hilf mir, los, mach schon.«

Er faßte das Rad und drängte sie unsanft beiseite. Sie machte Platz, nahm ihm den Riemen vom Schlitten ab, während er sich mit aller Kraft an dem Rad zu schaffen machte. Ein Türflügel der Innentür öffnete sich langsam. Weitere Luft strömte ein, diesmal ohne Niederschlag.

»Estevez, Dubois, aufpassen.« Der Adrenalinstoß ließ alle Bewegungen, die in der niedrigen Mondschwerkraft ohnehin verzögert waren, wie in Zeitlupe erscheinen. Sie drängte die beiden Frauen durch die entstandene Öffnung, überließ es ihnen, sich um eventuelle Schwierigkeiten auf der anderen Seite zu kümmern. Dann traf sie ein furchtbarer Schlag in den Rücken, und da die Schleusenkammer inzwischen auf Normaldruck war, konnten sie die Explosion auch hören. Der Boden bäumte sich unter ihren Füßen auf. Sie stolperte gegen den Türflügel, der sich nicht bewegt hatte, und der ausgezackte Rand eines der Einschußlöcher zerriß ihren Schutzanzug an der Schulter, ein Unfall, der sie vor wenigen Sekunden noch das Leben gekostet hätte.

Charity fand das Gleichgewicht wieder und drehte sich hastig um. Die schwere Außentür war plötzlich ausgebeult; sie wölbte sich jetzt in die Kammer hinein, und der Rahmen, in dem die beiden Türflügel aufgehängt waren, wies Risse auf, aber die Tür hatte gehalten.

»Wir haben Glück gehabt«, sagte sie und schob den völlig verwirrten Skudder aus der Schleusenkammer. »Irgend jemand hat aus einer Wasserstoff-Druckflasche und einer Granate eine niedliche kleine Bombe gebastelt, die hier in der Schleuse auf uns gewartet hat.« Sie half Harris auf die Beine. »Der Schlitten«, sagte sie, nahm ihre Waffe vom Boden, blickte auf und sah zum ersten Mal flüchtig, was hinter der Tür lag. Die Halle war groß, aber recht niedrig. Die Beleuchtung war eingeschaltet. »Als wir hereinkamen, wurde die Bombe scharfgemacht. Die Explosion hätte uns getötet, und die Reste wären in den Gang hinausgeblasen worden oder direkt auf die Mondoberfläche.«

Sie bugsierten den Schlitten aus der Schleusenkammer. Anschließend zerrte sie Henderson mit sich hinaus. Draußen angekommen, blickte Charity noch einmal auf die lädierten Türflügel der äußeren Schleusentür.

»Die Röhre draußen ist bestimmt zerfetzt worden. Wenn die Tür nicht gehalten hätte ...« Sie hob die Schultern. »Ich bin nur froh, daß ich das Ding gerollt und nicht geworfen habe. Das sind entscheidende Sekunden gewesen.« Sie deutete auf das Bedienungspult, das auf dieser Seite der Tür grüne und rote Lichter zeigte. »Machen Sie die Tür zu, Harris. Für den Fall, daß die Außentür doch noch nachgibt.

»Die rote Taste, richtig?« Diesmal gehorchte die Tür sofort.

»Das Pult auf der Innenseite ist zerstört worden«, sagte sie grimmig. »Jemand hat die Kabel durchschnitten oder den Computer benutzt.«

»Derselbe jemand, der die Bombe aufgebaut hat«, meinte Skudder.

»Deshalb das hier«, sagte Harris und deutete auf die Löcher in der Innentür, die auf dieser Seite kleiner waren. »Und ich hatte schon gedacht, Sie wollten mich unehrenhaft entlassen.« Skudder gab einen verächtlichen Laut von sich. »Was machen wir mit den Löchern?« fragte er ruhig.

»Flicken«, sagte Charity und öffnete eine Oberschenkeltasche. »Genauso wie meinen Anzug.«

Skudder nahm das kleine Päckchen in die Hand und machte sich an dem fingerlangen Riß an ihrer Schulter zu schaffen, während sich Dubois und Estevez um die Löcher kümmerten.

»Halten die Flicken das aus?« fragte Skudder zweifelnd, als er mit Charitys Anzug fertig war.

»Der Luftdruck wird sie festhalten«, meinte Charity. »Auf der anderen Seite der Tür hätten wir damit keine Chance.« Ihr Blick wanderte über Schränke und Arbeitstische. Druckanzüge hingen in Metallgerüsten von der Decke herab. Die Käfige waren an Schienen aufgehängt und beweglich. Man konnte die verschiedensten Druckanzüge sehen, von leichten Ausführungen aus dünnem Plastik bis hin zu schweren Rüstungen, wie sie die militärischen Bautrupps getragen hatten. Weiter hinten im Schatten standen zwei Kraftverstärker, Ektoskelette aus Stahlgelenken, Motoren und Hydraulik, in denen ein leichter Druckanzug befestigt war, an der Taille aufgeklappt, damit der Träger über eine kleine Leiter von oben hineinsteigen konnte. Sensoren auf dem Druckanzug und vor den Handschuhen übertrugen die Bewegungen und den Kraftaufwand des Trägers an die Motorsteuerung. In Halterungen an den Wänden sah man tragbare Baumaschinen, wie sie von ein oder zwei Leuten bedient werden konnten, Bohrmaschinen und Schneidgeräte, teils mit Klingen, teils mit Laser. Die Wartungshalle sah aus, als sei sie erst vor Momenten verlassen worden. Hinter dem Durcheinander erkannte Charity einen Durchgang.

»Gehen wir«, sagte sie. »Passen Sie auf Ihre Füße auf, Henderson.«

»Wie Sie meinen«, kam die beleidigte Antwort.

»Irgendwo drinnen müssen die Liftanlagen sein.« Charity lachte grimmig. »Und die Laufbänder funktionieren ja anscheinend auch wieder.«

»Was sich in unmittelbarer Zukunft als sehr nützlich erweisen wird«, maulte der Würfel, diesmal nicht über Funk, sondern über seinen Lautsprecher. Da sie alle ihre Helme vorsichtshalber noch geschlossen hatten, klang der Tonfall stark gedämpft. Vermutlich hatte der Computer beinahe gebrüllt. Er hing noch immer auf dem lädierten Transportschlitten fest, der sich inzwischen noch stärker zum Boden neigte. Die Bombe war in der Halterung verrutscht, und mit ein wenig mehr Schlagseite würde das ganze Gebilde umkippen.

»Wie lange hält das Ding noch durch?« fragte Charity besorgt.

»Keine Ahnung«, sagte Harris. »Wenn Sie den Schlitten meinen. Der TACCOM ist ziemlich robust.«

»Ich entspreche der Schutzklasse zwei entsprechend der internationalen Norm . . .«

»Ausgabe unterbrechen«, rief Charity.

»Wie Sie wünschen«, antwortete der Würfel verstimmt.

Sie ignorierte ihn und warf einen letzten sorgenvollen Blick auf den Schlitten, der sie stark an ein kenterndes Schiff erinnerte. Er schien an Höhe verloren zu haben, denn die vordere linke Kante hing nur noch zwanzig Zentimeter über dem Boden. Vermutlich war auch der Energiespeicher getroffen worden.

»Gehen wir«, sagte sie noch einmal. »Vielleicht finden wir ja eine Mitfahrgelegenheit für unseren kubischen Freund hier.«

Skudder lachte grimmig. »Oder noch eine Bombe.«

Das Schiffswrack schimmerte im Sonnenlicht wie eine deformierte Perle. Jede Schramme, jeder tiefe Riß der mattglänzenden Panzerung warf scharfe Lichtreflexe, und die winzigen Scherben der Panzerglaskuppeln glitzerten und tanzten bei jedem Blickwechsel. Gelegentlich sah es so aus, als wären Tausende von Sternen aus dem dunklen Himmel auf die Mondoberfläche herabgefallen.

Die diskusförmigen Gleiter duckten sich in einer Ringanordnung um das Schiff herum, und ein Teil ihrer Bordkanonen war auf das Wrack gerichtet, als könnte von dem Haufen zerschundenen, geborstenen Metalls noch irgendeine Bedrohung ausgehen. Die Moroni hatten in ihren Fahrzeugen abgewartet, bis die Sonne Kälte und Dunkelheit vertrieben und den Schauplatz in intensives, grelles Licht getaucht hatte, und dabei aufmerksam auf jedes Anzeichen von Bewegung geachtet. Nun setzte jeder der acht gelandeten Gleiter zehn Krieger aus, die sich vorsichtig von allen Seiten dem Wrack näherten. Aus der Entfernung sahen sie aus wie eine Schar Ameisen, die auf die Schale eines toten Käfers zukrabbelten.

Die Krieger trugen keine Druckanzüge, nur enganliegende Atemmasken, die auch die Augen schützten und deren Tanks sie auf dem Rücken trugen. Die Chitin-Panzerung war hart und widerstandsfähig genug, um ihnen einen kurzen Aufenthalt im Vakuum zu gestatten, und alles andere hatte keine Bedeutung für die, die diesen Trupp ausgerüstet hatten. Das Sonnenlicht gab ihnen genug Wärme, um sie vor der tödlichen Kälte zu schützen. Keiner von ihnen konnte jedoch hoffen, diese Mission zu überleben.

Sie erreichten das Wrack und näherten sich mit erhobenen Waffen den Löchern, die in der Hülle klafften. Einige von ihnen gingen hinter Felsen und Trümmerstücken in Deckung, während andere weitermarschierten. Es gab keine Absprachen und keine Handzeichen, jeder von ihnen dachte und handelte gleich, und die Entscheidung, wer in Deckung ging und wer nicht, ergab sich logisch aus der Anordnung der Trümmer und dem Weg, dem sie alle folgten. Dann verschwanden die ersten *Ameisen* im Schatten und betraten das Wrack, und die, die am weitesten entfernt in Deckung gegangen waren, erhoben sich und folgten ihnen langsam.

Im Inneren des Wracks war die Temperatur erträglich, und statt des blendenden Sonnenlichts erwartete sie Dunkelheit, die angenehme Erinnerungen weckte. Sie benutzten Suchgeräte, denn ihre empfindlichen Fühler hätten die wenigen Minuten ungemildertes Sonnenlicht nicht aushalten können, aber im Inneren gab es keine Spur von Leben. Langsam verteilten sie sich und begannen damit, das Wrack systematisch zu durchsuchen.

Es dauerte nicht lange, dann entdeckten sie den ersten Toten. Er lag halb unter Maschinenteilen begraben und trug einen roten Druckanzug. Es war ein Mensch, und obwohl ihre Anweisungen sie darauf vorbereitet hatten, breitete sich Unruhe unter den Moroni-Kriegern aus. Das Lastschiff konnte nur aus den Beständen der Schwarzen

Festung stammen, und es in Menschenhand zu wissen war ein deutliches Zeichen dafür, wie der Krieg auf der Erde verlaufen war.

Sie begannen damit, diesen und die beiden anderen Toten freizulegen. Die Verstrebungen und Kabel konnten ihren Zangen wenig Widerstand entgegensetzen, aber für die Maschinenteile mußten sie Werkzeug benutzten. Diejenigen Krieger, die auf der Erde ausgebrütet worden waren, empfanden vage Verwunderung bei der Erkenntnis, daß sich die Menschen der Moroni-Technologie bedient hatten. Es war beinahe Ironie, daß andererseits menschliche Technologie den Absturz des Lastschiffes bewirkt hatte.

Die Trümmer boten wenig Aufschluß darüber, wie groß die Besatzung des Lastschiffes gewesen war und ob es Überlebende gegeben hatte. Dieser Teil der Moroni-Macht war seit Wochen abgeschnitten gewesen von den Moroni, die auf der Erde zurückgeblieben waren, oder den versprengten Resten der Raumflotte, die der Vernichtung bei der Orbit-Station entgangen waren. Es gab keinen Kontakt mehr dorthin, genauso wie die Gleiter keinen Kontakt zu ihrem Herrn hatten, bis sie wieder zu ihm zurückkehrten. Seit dem Angriff auf die Schwarze Festung hielten sich die Moroni verborgen, und die ungewohnten Anweisungen stürzten die *Ameisen*-Krieger in zunehmende Verunsicherung, soweit sie von der Erde stammten. Die mondgeborenen Moroni zeigten andere Reaktionen. Keiner von ihnen war zu bewußten Gedanken fähig, denn sie entstammten einem früheren Entwicklungsstadium, das weit davon entfernt war, selbständig handelnde Krieger oder gar Inspektoren hervorzubringen. Ohne erdgeborene Krieger in ihrer Begleitung wären die anderen *Ameisen* trotz körperlicher Überlegenheit zu keiner sinnvollen Handlung in der Lage gewesen.

Drei Inspektoren begleiteten den kleinen Trupp, und einer von ihnen war den Kriegern in das Wrack gefolgt.

Im Gegensatz zu ihnen begriff er in einem Winkel seines zweckgerichteten Verstandes, welcher Gefahr er sich im Sonnenlicht aussetzte, aber gegen die Anweisungen, die ihn leiteten, war er machtlos. In fünfzehn Stunden würden die Gleiter wieder den Rückflug antreten, und bis zu diesem Zeitpunkt würden seine Körperfunktionen nicht erkennbar beeinträchtigt werden. Trotzdem verspürte der Inspektor so etwas wie Angst, nicht um seine eigene Unversehrtheit, sondern angesichts der Erkenntnis, daß die Situation verzweifelt genug war, um sogar ihn und die anderen beiden Inspektoren der Gefahr auszusetzen. Es würde lange Zeit dauern, bis das Moronivolk hier wieder Inspektoren hervorbringen konnte, und solange sie abgeschnitten waren von der Erde und vom Transmitternetz, gab es keinen Ersatz für die wenigen von ihnen, die aus der schwarzen Festung entkommen waren.

Eine stumme Warnung des Unterbewußtseins brachte den Inspektor dazu, sich aus seinen halbbewußten Überlegungen zu lösen. Er schwenkte den mächtigen Kopf und starrte auf zwei *Ameisen*krieger, die regungslos zwischen den Trümmerstücken standen. Sie verharrten schon eine Weile dort. Er näherte sich vorsichtig und erkannte an der kräftigen Statur der *Ameisen,* daß es sich um mondgeborene Krieger handelte, die gebannt auf etwas am Boden vor ihnen starrten. Dann umrundete er den Haufen von Maschinenteilen, der ihm den Blick versperrte.

Die Heftigkeit seiner eigenen Reaktion überraschte den Inspektor noch mehr als der Anblick. Er drängte die beiden Krieger beiseite und beugte sich über das Ei, das in seiner farblos gewordenen, abgestorbenen Hülle zwischen Stahlstangen und Verstrebungen lag. Ein hastiger Blick zeigte ihm, daß noch mindestens zwei weitere Eier zwischen den Trümmern lagen. Seine Klauenhand berührte das Ei, und als er die Bewegung unter der kaltgewordenen Haut spürte, übernahmen uralte, tief verborgene Programme die Kontrolle über seine Handlungen.

Die beiden Krieger lösten sich aus ihrer Erstarrung, in die ihr überforderter Verstand verfallen war, und halfen ihm, die Trümmer beiseite zu räumen. Er entdeckte eine zerplatzte Schale, zerquetscht zwischen zwei Energiezellen, und die Schutzreaktion ließ ihn hilflos die Klauen entblößen. Die Zangen schnappten leer zusammen. Weitere Krieger waren aufmerksam geworden und näherten sich, und gleich darauf bargen sie die ersten beiden Eier und trugen sie beiseite.

Während der Inspektor fieberhaft weiterarbeitete, völlig machtlos gegen die Instinkte, die seinen Körper übernommen hatten, reihten sich zusammenhanglos Gedanken aneinander, Überlegungen, wieso sich Moroni-Eier in einem von Menschen geflogenen Lastschiff befinden konnten, ob sie vielleicht auch *Ameisen* in den Trümmern finden würden oder ob es Jared gewesen waren, in deren Hand sich das Schiff befunden hatte. Und während er ein viertes Ei intakt aus dem spröde gewordenen Gewebe löste, mit dem es geschützt und befestigt worden war, empfand der logische Teil seines Bewußtseins plötzlich eine tiefe Furcht vor dem, was er in den Händen hielt.

7

Die Röhre hatte einen Durchmesser von sechs Metern. Sie begann irgendwo an einem Ende der Welt und endete am anderen Ende, und auf dem Weg dorthin zog sie an einem Bahnsteig in der Nähe der Bauhangars vorbei. Die sechs Magnetschienen an den Wänden wandten sich in einer leicht geschwungenen Linie zum Horizont, was in diesem Fall der Reichweite ihrer Scheinwerfer entsprach. Die Beschriftung an der Wandseite gegenüber dem Bahnsteig war rätselhaft, aber eindeutig menschlichen Ursprungs. Auf dem ersten Kilometer befanden sich zwischen den Magnetschienen in regelmäßigen Abständen kleine Leuchtröhren, die nach beiden Seiten hin einen Abschnitt der Röhre in ein seltsam mattes Licht tauchten. Keine der Leuchtröhren war defekt oder abgeschaltet, und irgendwie war dieser Umstand beunruhigend.

Die Röhre selbst war luftleer, um den Kabinen weniger Reibungswiderstand entgegenzusetzen. Ein Vakuum war auf dem Mond billig zu haben und leicht herzustellen; man mußte nur hin und wieder ein Loch in die oberirdische Röhre stanzen oder einen Schlauch legen, wenn die Transportröhre unterirdisch verlief. Eine dicke Wand mit Fenstern aus Panzerglas trennte den Bahnsteig vom Röhreninneren, und eine Druckschleuse mit einem Zieharmonikaschlauch stellte die Verbindung zu den Kabinen her, sofern sich welche auf dem Bahnsteig befanden.

Im Moment war der Bahnsteig leer. Charity hatte nach kurzem Zögern auf die Ruftasten gedrückt, und seitdem warteten sie. Es war immerhin schon fünf Minuten her, und langsam kam sie sich ein wenig lächerlich vor. Der Gedanke, in einer seit sechzig Jahren verlassenen Basis auf einen Zug zu warten, der nicht kam, hatte etwas von einem modernen Theaterstück an sich. Was auf die gesamte Basis zuzutreffen schien, die wie die Kulisse einer gewaltigen, absurden Geisterbahn wirkte. Sie hatten keine weiteren Bomben gefunden, aber zahlreiche Türen, die sich nicht öffnen ließen, während andere sich in unpassenden Momenten von allein schlossen. In einigen Abschnitten war die Luft mit Resten von Wasserstoffgas oder Methan versetzt gewesen. In einem anderen Mischungsverhältnis hätte das zu heftigen Explosionen geführt. Rolltreppen bewegten sich in die falsche Richtung, Laufbänder blieben plötzlich stehen, und hin und wieder fanden sie sich in Räumen wieder, die völlig luftleer waren. Sie hatten es nicht gewagt, die Anzüge zu öffnen. Charity hätte es nicht überrascht, wenn plötzlich Nervengas aus der Belüftungsanlage geströmt wäre oder wenn irgend jemand eine hochaktive Säure in die Sprinkleranlage geleitet hätte.

Sie sah zu Estevez hinüber, die einen Sensor an eine Glasscheibe geheftet hatte, der per Kabel mit ihrem Helm verbunden war. »Irgendeine Bewegung?« fragte sie, vermutlich zum fünften Mal.

»Nichts zu hören«, kam die gleichmütige Antwort.

»Großartig«, sagte Skudder. »Nur gut, daß wir nicht auch den Weg bis zum Mond zu Fuß zurücklegen mußten.«

»Kommt noch«, erwiderte Charity ohne Humor. »Was den Rückweg betrifft, werden wir wohl noch einmal darüber nachdenken müssen.«

Darauf hatte niemand eine Antwort, und die Gesichter wirkten plötzlich noch angespannter. Charity bedauerte ihre Bemerkung. Es hatte wenig Sinn, ihren momentanen Problemen noch zukünftige hinzuzufügen.

»Wohin führt uns diese Bahn überhaupt?« fragte Skudder nach einer Weile.

»Direkt in die Zentrale, hoffe ich. Diese Röhren laufen wie die Speichen eines Rades in acht oder zehn Richtungen, aber sie sind verschieden lang.« Sie seufzte. »Wenn die erste Kabine in die falsche Richtung fährt, dann werden wir irgendwo draußen im Tagebau-Gebiet landen. Weiter draußen, wenn wir eine der Ost-Achsen erwischt haben.«

»Können Sie die Bezeichnung nicht klären?« fragte Harris und deutete auf die kryptische Bahnsteig-Beschriftung.

»Tut mir leid, nein.« Charity hob die Hand zu einer Geste der Hilflosigkeit. »Die Codierung ist nicht aus meiner Zeit. Ich habe die Mondbasis drei oder vier Jahre vor der Invasion das letzte Mal betreten.« Der Satz weckte Erinnerungen, auf die sie gerne verzichtet hätte. »Ist nicht gerade die schönste Zeit meines Lebens gewesen. Und dieses Geschmiere da sieht aus, als hätten sie es erst kurz vor Schluß angebracht.«

Skudder sah sie von der Seite an, und ein Gefühl der Wärme stieg in ihr auf, als sie es bemerkte. Sie lächelte ihm zu.

»Hier ist eine Karte«, sagte Dubois, die sich seit einigen Minuten am Fahrkarten-Terminal zu schaffen gemacht hatte. Sie hatte die Verkleidung aus ihren Halterungen gelöst und die Verkabelung freigelegt, und anscheinend hatte sie die Leitungen gefunden, die das Terminal mit dem Zentralcomputer verbunden hatten. Henderson stand daneben und reichte hin und wieder eines der elektronischen Werkzeuge an.

»Haben Sie das Terminal abkoppeln können?« fragte Charity überrascht.

»Ja.« Dubois tippte auf den Bildschirm, der inmitten des freiliegenden Kabelgewirrs hing. »Es funktioniert wieder.«

»Nur Fahrkarten können wir keine mehr kaufen«, murmelte Skudder.

»Witzbold«, versetzte Charity. »Das bedeutet, daß alle Systeme vom Zentralcomputer aus blockiert worden sind, ganz egal, ob Terminals, Schleusenkontrollen, Zugangstüren oder Sicherheitsschotts.«

»Unsere Freunde sind also in der Zentrale«, folgerte Harris.

»Oder sind zumindest dort gewesen«, stimmte Charity zu. »Ich frage mich, ob Stone den Moroni diese detaillierten Kenntnisse über die MacDonald-Systeme verschafft hat, in der guten alten Zeit, als er noch exklusiv für sie gearbeitet hat.« Sie registriert beiläufig den Blick, den sich Harris und Dubois zuwarfen.

»Achtung«, sagte Estevez in die Pause hinein.

»Was ist?«

Die Frau runzelte die Stirn. Ihre behandschuhten Finger stellten schwerfällig einen Regler nach. »Ich höre etwas«, sagte sie.

»Na endlich«, meinte Skudder erleichtert.

»Moment noch.« Sie hob die Hand, starrte durch die Glasscheibe, während sie einen anderen Drehknopf an der Kinnseite ihres Helms benutzte.

»Es kommt nicht aus der Röhre«, sagte sie dann.

Charity löste ihre Waffe aus der Befestigung hinter der rechten Schulter. Die anderen taten es ihr nach. Je zwei von ihnen blickten in verschiedene Zugangsflure zum Bahnsteig.

»Nichts«, sagte Harris von der einen Tür her. Charity stand neben Skudder und versuchte verzweifelt, ein klares Bild zu bekommen. Das Kabel hatte in der Schleusenkammer etwas abbekommen, und ihre Zielanzeige flackerte von Zeit zu Zeit. Sie konnte nur hoffen, daß der Wackelkontakt nicht gerade in den entscheidenden Sekunden auftrat.

»Ich sehe nichts«, sagte Skudder nach einer Weile. Er zögerte. Die Biegung war nur sechs Meter von ihnen entfernt, und sie konnten den nachfolgenden Abschnitt nicht einsehen.

»Was ist los?« fragte sie.

»Ich bin mir nicht sicher«, sagte er. »Ich werfe einen Blick um die Ecke. Gib mir Deckung.« Er warf ihr einen Blick zu und tippte mit dem Zeigefinger auf ihre lädierte Waffe.

»Aber paß auf, wohin du zielst.«

Er war schon losgegangen, bevor sie einen Einwand erheben konnte. Während er sich der Biegung näherte, schaltete sie versuchsweise ihre Mikrofonanlage um. Seine Schritte dröhnten in ihren Ohren, unterlegt von ihrem eigenen Herzschlag und Atem und dem sirrenden Geräusch von insgesamt fünf Tornisterpumpen, die auf dem Bahnsteig verteilt waren. Es war ihr rätselhaft, wie Estevez trotz aller Filter in diesem Wirrwarr etwas zu erkennen glaubte.

Skudder erreichte die Biegung. Er ging in die Hocke und nahm die Waffe eng an den Körper, bevor er regungslos verharrte. Sie fragte sich schon, worauf er wartete, als er plötzlich blitzartig nach vorn schnellte. Die Waffe im Anschlag, sah er in den Gang hinein. Sie erkannte noch, daß sich sein Körper etwas entspannte, dann ging alles sehr schnell.

Ein dicker Strahl einer weißlichen Flüssigkeit traf ihn und verklebte seinen Helm. Instinktiv hatte er die Waffe hochgerissen, aber sie entglitt seinen verklebten Fingern. Das Kabel zu seinem Helm spannte sich und riß mit einem hellen Glockenton. Die zähe Masse schäumte auf, sobald sie den Druckanzug berührte, und bildete dampfende Pfützen auf dem Boden.

»NEEEIIINNN«, schrie sie und rannte los. Ein dunkler, schwarzer Schatten glitt um die Biegung, und sie hatte einen flüchtigen Eindruck von schlängelnden, zupackenden Armen und einem dicken, wulstigen Körper. Skudder konnte sich losreißen und taumelte in ihre Richtung, wischte mit den Handschuhen hilflos über die geblendete Sichtscheibe seines Helms. Ein schwarzer Arm traf seine rechte Wade, und das Bein knickte unter ihm zusammen. Charity blieb stehen und brachte die Waffe in Anschlag. Ihre Zielanzeige flackerte kurz in allen Farben und weigerte sich dann, von ihrem Gegner Kenntnis zu nehmen. Mit einem erstickten Fluch löste sie eine Hochgeschwindigkeitssalve von kleinen Wuchtgeschossen aus. Die Projektile rissen große Flocken von Schaum aus der weißen, quellenden Masse, und sie sah noch, wie einer der tentakelartigen Arme einfach abgerissen wurde, dann schlug ihr ein dicker Strahl der weißlichen Flüssigkeit entgegen und riß sie einfach von den Beinen.

Das Zeug war glitschig wie Schmierseife. Sie versuchte mit panischer Hast, wieder auf die Beine zu kommen, und glitt wieder aus. Ihre Stiefel fanden keinen Halt. Sie verzichtete auf den vergeblichen Versuch, ihren Helm von der klebrigen Masse zu befreien, nachdem schon Skudder keinen Erfolg damit gehabt hatte, und versuchte, sich dorthin zu schieben, wo sie Skudder vermutete. Ihre Waffe hatte sie bei dem Sturz verloren, aber diesmal hatte das Kabel gehalten, und als sie wieder ausrutschte, hatte sie plötzlich wieder eine Zielanzeige. Im Infrarot war das widerliche Zeug in einem schönen Dunkelblau dargestellt, entsprechend einer erstaunlich niedrigen Temperatur, und drei rote Gestalten bewegten sich am Rand des Gesichtsfeldes. Sie erkannte eine gelbe Linie, die von einer der Gestalten über sie hinwegzuckte, und ihr verklebtes Mikrofon übertrug die Einschlaggeräusche von weiteren Geschossen. Sie fuhr mit der Hand zu der Buchse herunter und dann an dem Kabel entlang, und es gelang ihr, das Kolbenmagazin der Waffe zu packen. Hastig zog sie das Gewehr zu sich heran und drehte es in die andere Richtung. Skudder war als teils gelb, teils grüne Gestalt zu erkennen, und hinter ihm erhob sich ein grüner, erschreckender Umriß, der auf den ersten Blick an einen Kraken oder eine Spinne erinnerte, wie der Kopf einer riesigen Medusa, mit Schlangenarmen, die wild nach allen Seiten peitschten und sich in Skudders Beine verschlungen hatten.

Dann tanzten gelbe Lichter über den Medusenkopf, und weitere Arme fielen ab, verharrten reglos oder verkürzten sich plötzlich. Sie rappelte sich mühsam auf die Knie und hob die Waffe an. Der eigentliche Körper des Wesens war ein massiver Block, der halb in der schäumenden blauen Masse verborgen war. Bevor sie abdrücken konnte, peitschten zwei grüne Arme auf sie zu, und das geisterhafte Infrarotbild verschwand. Sie wurde nach vorn gerissen.

»Ich bin's«, rief sie noch, als der Stiefel sie schon an einer Stelle traf, wo es wirklich weh tat. Sie schnappte nach Luft, spürte, wie Skudder sie packte, und erwartete weitere Schläge, aber entweder hatte er begriffen, oder er hatte zu viele eigene Probleme, um sie weiter zu verprügeln. Dann schnürte ihr ein stählerner Arm den Hals ab, und sie hörte, wie der massive Nackenring ihres Helms knirschte. Instinktiv packte sie den glitschigen Arm mit beiden Händen und riß heftig daran. Der Ruck katapultierte sie auf das Wesen zu, und der mörderische Zug ließ nach, bevor der Helm zerbrechen konnte. Sie zog sich weiter, bis sie gegen den Block stieß. Eine schwere Explosion schüttelte sie durch, und irgend etwas, das flach, dünn und schwer war, fiel mit der Kante auf sie und ihren Gegner herab. Dubois, dachte sie wütend, und die Wut verlieh ihr neue Kräfte. Sie hielt sich am Ansatz des Arms fest, der mit einigen anderen zusammen auf sie einpeitschte, ignorierte die Schläge, die ihren Rückentornister trafen, und befreite mühsam ihre Handwaffe aus dem Gürtelholster. Ihre glitschigen Finger glitten dreimal vom Verschluß ab. Ein Stoß traf sie in der Nierengegend, und der neue Schmerz ließ sie aus vollem Halse schreien. Sie trat mit dem Stiefel nach dem Körper des Wesens, traf etwas, das deutlich metallisch widerhallte, und stieß mit der Mündung der Handwaffe in diese Richtung. Die Pistole verschoß Projektile und Laserpulse, und sie zog beide Auslöser durch, verschoß das gesamte Magazin und entleerte die Batterie innerhalb zweier Herzschläge eine Handbreit neben ihren Stiefel.

Die heftigen Zuckungen schleuderten sie gegen die Wand, und die nachfolgende Explosion ließ sie über den verschmierten Boden schlittern, bis sie irgend jemand von den Beinen riß und dadurch selbst zum Halten kam. Etwas, das sie wenig später als einen Wasserschwall erkennen konnte, brandete über sie hinweg, und dann regnete es plötzlich mit schweren, großen Tropfen, die kleine, glasklare Löcher in den dichten Schmierschleier auf ihrem Helm bohrten. Eine Weile war es sehr, sehr ruhig.

»Lebe ich noch?« fragte sie nach einiger Zeit. Sie lag auf dem Rücken, und inzwischen konnte sie über sich an der Decke die Ursache für den heftigen Regenschwall erkennen. Hunderte winziger Düsen der Feuerlöschanlage versprühten Löschwasser in den Flur.

Ein lauter Fluch antwortete ihr. »Natürlich«, sagte Harris. »Könnten Sie Ihren Fuß aus meinem Gesicht nehmen?«

»Rechts oder links?«

Eine Hand berührte sie am linken Fußgelenk. Sie zog vorsichtig das Bein an, während sie zugleich mit den Händen über das Helmvisier rieb. Im ersten Moment verschlimmerte sich ihre Lage damit, aber mit Hilfe der Sprinkleranlage konnte sie den größten Teil des Schaums entfernen.

Harris war wieder auf den Beinen, und Dubois und Estevez waren bei ihm. Sie sah sich hastig nach Skudder um und fand ihn nicht weit entfernt, mit dem Rücken an der Wand, den Kopf im Helm in den Nacken gelegt, so, als wollte er mit offenem Mund den Regen fangen. Sie atmete hörbar auf, und er warf ihr einen belustigten Blick zu und schwenkte eine längliche, schwarze Trophäe.

»Sieh mal«, sagte er und schubste den abgerissenen Arm in ihre Richtung. Das Ding drehte sich auf dem glitschigen Boden zweimal um sich selbst. Sie sah es an, blickte dann den Gang hinunter. Explosivgeschosse hatten Deckenverkleidung und Wandplatten aus ihren Befestigungen gerissen, und die Reste versanken langsam in der riesigen Schaummasse, die inzwischen den gesamten Gang ausfüllte. Es sah aus, als habe jemand einen Lastwagen voller Waschmittel in einen riesigen Küchenmixer gefüllt. Eingerahmt von Schaum und Ruß lag bewegungslos die aufgerissene Hülle einer meterhohen Maschine, deren Greifarme kraftlos zu Boden gesunken waren.

»Eine Reinigungsmaschine«, sagte Harris fassungslos. Wir haben eine Reinigungsmaschine erlegt.«

»Kapitales Stück«, brachte Charity noch heraus, ehe sie in hysterisches Gelächter ausbrach. Das weiße Zeug auf ihrem Druckanzug erinnerte sie an Schmierseife. Ein paar große Flocken lösten sich von der Masse und schwebten in der niedrigen Schwerkraft, bis sie dort, wo die Sprinkleranlage nicht von Geschossen zertrümmert worden war, von Wasserstrahlen in Stücke gerissen wurden. Charity mußte wieder lachen.

»Was für eine Schaumschlägerei«, sagte Skudder, der in ihr Lachen einstimmte. »Sechs Bewaffnete gegen eine Reinigungsmaschine.«

»Wir haben uns nicht gerade mit Ruhm bekleckert«, stimmte Harris zu.

»Nein«, lachte Charity, »Ruhm kann man das wirklich nicht nennen.« Sie wischte mit dem Zeigefinger durch die seifige Schicht und pustete den entstehenden Schaum von der Fingerspitze.

»Hattest du nicht ein Bad nehmen wollen?« fragte Skudder, der sich vorbeugte und seine Waffe aus der aufquellenden Schaumlandschaft rettete.

»Hmmm«, machte sie und kam vorsichtig auf die Beine. Das Wasser bildete inzwischen große, zusammenhängende Pfützen. »Packen wir unsere Sachen und verziehen uns, bevor jemand einen Heizlüfter ins Badewasser wirft.«

Sie nahm die Pistole. Harris hatte ihr Gewehr gefunden und reichte es ihr wortlos. Sie wandte sich nach einem letzten Blick auf die Reste des Reinigungsroboters kopfschüttelnd ab und beeilte sich, aus dem bewässerten Teil des Gangs zu verschwinden. Der Bahnsteig war noch unversehrt und trocken, und sie wollte nicht in der Nähe sein, wenn das Wasser irgendwelche Teile der Stromversorgung erreichte. Sie war versucht, Dubois wegen des Feuerzaubers zu maßregeln, aber nachdem sie selbst auch nicht gerade Präzisionsarbeit geleistet hatte, war dies wohl weder der richtige Ort noch der richtige Zeitpunkt.

»Hoffentlich bekommen wir eines Tages nicht noch richtigen Ärger«, sagte sie zu Skudder, der neben ihr stehengeblieben war. Sie hinkte leicht. Dort, wo er sie getreten hatte, würde sie einen prachtvollen blauen Fleck bekommen.

Skudder schien es nicht viel besser zu gehen. »Wir haben jedenfalls alle Chancen dazu«, sagte er müde und deutete mit der Hand auf etwas hinter ihrem Rücken. Sie sah sich um und erkannte einen dunklen Schatten hinter den Glasscheiben. Die Schleuse des Bahnsteigs hatte sich unbemerkt geöffnet.

»Die Kabine ist da«, sagte Harris überflüssigerweise. In diesem Moment gab es einen lauten Knall, und der Transportschlitten sackte mit der vorderen Ecke bis auf den Boden herab.

Wer immer Reinigungsroboter umprogrammiert und Schleusen vermint hatte, die Autorisierungscodes für das Transportsystem hatten sich nicht verändert. Es gelang Charity, die Kabine mit einer sechzig Jahre alten Priorität auf Handkontrolle umzuschalten. Sie wählte einen Bahnsteig in der Nähe der Zentrale, genau eine Haltestelle vor dem Zentralterminal selbst. Wenn es weitere Fallen gab, dann auf jeden Fall dort.

Die Kabine bewegte sich völlig lautlos im Röhrenvakuum, gehalten und angetrieben von starken Magnetfelder, die sogar die kleinen Displays in ihrem Helm verzerrten. Die Frontseite hatte zwei Fenster, und die Röhrenbeleuchtung wanderte wie eine geisterhafte Bugwelle vor ihnen her und zeigte ihnen einen immer gleich langen, unveränderlich wirkenden Ausschnitt der Röhre. Charity hätte jedes Gefühl für die Bewegung verloren, hätte es nicht immer wieder ausgefallene oder flackernde Leuchtkörper gegeben, die es gestatteten, einen Röhrenabschnitt vom nächsten zu unterscheiden. Die Kabine konnte dreifache Schallgeschwindigkeit erreichen, aber sie hatte die Höchstgeschwindigkeit sicherheitshalber auf zwanzig Kilometer pro Stunde begrenzt. Der Vorfall mit der Reinigungsmaschine steckte ihnen allen in den Knochen.

»Paranoia«, sagte sie halblaut zu Skudder, der neben ihr stand, den Blick wie in Trance auf die aufeinanderzulaufenden Linien von Leuchtkörpern gerichtet.

Er riß sich von dem eintönigen Anblick los. »Du traust der Ruhe nicht.«

»Und warte auf eine Mauer, die plötzlich vor uns auftaucht, oder eine Tretmine, die jemand in die Röhre gelegt hat.« Sie lachte sarkastisch. »Oder acht Kubikmeter Schlagsahne, die uns die Frontscheibe verklebt. Das alles hier ist total verrückt. Improvisierte Bomben, verrückt gewordene Maschinen . . . Ich frage mich, was als nächstes kommt.« Bei diesen Worten fiel ihr der Würfel ein, der nicht weit von ihnen zwischen zwei Sitzreihen abgestellt worden war. Die kleine Lampe an der Frontseite wirkte wie ein böses kleines Auge. Charity zweifelte nicht daran, daß sie nur aus psychologischen Gründen an dem Computer angebracht worden war, um die Menschen daran zu erinnern, daß er ständig mithörte und daß er vermutlich erstklassige Ohren besaß. Die besten Ohren, die man bauen konnte.

»Es ergibt überhaupt keinen Sinn«, sagte Charity.

»Ganz genau.« Sie tippte sich mit dem Finger an das Helmvisier. Solange sie in der Vakuumröhre waren, wollte keiner von ihnen riskieren, mit einem offenen Anzug von einem Leck überrascht zu werden. Dekompression brachte keinen schönen Tod, und das Ende kam längst nicht so schnell wie der Druckverlust selbst. »Es ergibt keinen Sinn, und wir ziehen den Kopf ein, soweit wir können.«

»Wieviel haben wir noch vor uns?« fragte der Indianer. Sie warf einen Blick zu den Kontrollen neben der Zugangstür. Harris, Henderson und Dubois behielten die Bildschirme im Auge, während Estevez vor den Fenstern am anderen Ende der Kabine stand. Der Blick nach hinten hatte Charity seekrank werden lassen, aber der Frau machte er anscheinend nichts aus. Sie fragte sich, ob es überhaupt irgend etwas gab, das Estevez aus der Ruhe bringen konnte. Die Bombe, die Harris und sie dort hinten abgestellt hatten, vermochte es jedenfalls nicht.

»Zwei Kilometer«, sagte sie dann. »Den Rest könnten wir fast zu Fuß gehen.«

»Kein guter Gedanke.«

»Ja, vermutlich nicht.« Sie dachte an den Transportschlitten, der gerade lange genug durchgehalten hatte, und an den Weg, den sie hinter sich hatten. Dann murmelte sie einen halblauten Fluch. »Ich würde wirklich gerne wissen, wieviel gemeingefährlicher Blödsinn uns auf dem Weg noch begegnet wäre«, fügte sie dann hinzu.

»Deine Neugier wird dich noch mal den Kopf kosten«, versetzte Skudder. »Oder zumindest ein paar Barthaare.«

»Wie bitte?« fragte Harris, der zu ihnen herübersah.

»Eine Redewendung«, erklärte Charity müde. »Neugier war der Katze Tod.«

»Ach so.«

Sie warf einen mißmutigen Blick auf ihn und die anderen Soldaten. »Baseballfans haben anscheinend einen kleinen Wortschatz«, sagte sie boshaft.

»Wahrscheinlich, weil die Schach-Eröffnungen soviel Platz im Kopf beanspruchen«, meinte Skudder leichthin und trat ihr unbemerkt gegen das Schienbein. Sie warf ihm einen entrüsteten Blick zu, hielt aber den Mund, als er sie warnend anblickte. In der Reflexion seines Helmvisiers erkannte sie Dubois, die noch immer zu ihnen herübersah, und unwillkürlich stellten sich ihre Nackenhaare auf. Von einem Augenblick zum anderen wußte sie, daß sie Dubois in Zukunft nicht mehr den Rücken zuwenden würde.

»Paranoia«, sagte sie. »Ich glaube, wir sollten wirklich eine Spielunterbrechung beantragen.«

»Ich sehe keinen Schiedsrichter«, erwiderte Skudder, und das war eine deutliche Warnung.

Im nächsten Moment stand abrupt die Kabine still, und sie stürzten übereinander.

»Verdammt«, stieß Charity hervor, als sie wieder atmen konnte. »Ich hab's gewußt.«

»Großartig«, ächzte Skudder, der das Pech hatte, zwischen ihr und der Frontscheibe eingeklemmt worden zu sein. »Könntest du bitte deinen Ellenbogen aus meinen Eingeweiden ziehen?«

Sie plagte sich wortlos auf. Ihr linkes Knie knickte ein, und nachdem sie es vorsichtig wieder belastet hatte, hatte sie die traurige Gewißheit, daß zu ihren übrigen Blessuren noch eine gründliche Verstauchung hinzugekommen war.

Skudders Gesicht wirkte trotz der getönten Helmscheibe ziemlich farblos.

»Ist irgendwas gebrochen?« erkundigte sie sich erschrocken. Er schüttelte langsam den Kopf. Sie sah sich nach Dubois um, entdeckte sie zwischen zwei Sitzreihen. Harris hing halb bewußtlos an der Konsole, die unter seinem Aufprall die Frontverkleidung verloren hatte. Estevez hatte den weitesten Weg zurückgelegt, über die hinteren drei Sitzreihen hinweg, und die Bombe war ihr ein gutes Stück weit gefolgt. Der einzige, dem anscheinend nichts zugestoßen war, schien Henderson zu sein. Vermutlich hatte er Übung in solchen Dingen.

»Alles in Ordnung?« fragte Charity laut und humpelte an der ersten Sitzreihe vorbei.

»Bei mir schon«, sagte Dubois, die inzwischen wieder auf den Beinen war.

»Kümmern Sie sich um Harris«, sagte Charity und beugte sich über Estevez. Die Augen der Frau waren weit geöffnet, und im ersten Moment dachte sie, Estevez habe sich das Genick gebrochen, aber als Charity sie an der Schulter berührte, blinzelte sie plötzlich und richtete den Blick auf Charitys Gesicht. Es war, als habe man eine Maschine wieder eingeschaltet, die sich sekundenlang selbst blockiert hatte. Unwillkürlich fuhr Charity zurück. Estevez ignorierte ihre Reaktion. Sie kam ohne Hilfe auf die Beine.

»Die Bombe«, sagte sie dann.

Charity begegnete ihrem beunruhigenden Blick und nickte. Sie fühlte sich regelrecht erleichtert, als Estevez sich umdrehte und zu dem Behälter ging, der wie ein großes Geschoß in die Sitzreihe eingeschlagen war.

»Wo sind wir?« fragte Skudder. Er lehnte mit dem Rücken an der Frontscheibe, und seine Stimme klang noch immer ziemlich gepreßt.

»Hundert Meter vor unserer Haltestelle«, antwortete sie grimmig und deutete an ihm vorbei. Vor ihnen in der Röhre leuchtete ein Bahnsteig. Die Ausstiegröhre ragte einen Meter weit in die Vakuumröhre hinein, und das rote Licht an der geschlossenen Türschleuse blinkte regelmäßig.

»Warum haben wir gehalten?« fragte Dubois.

»Keine Ahnung«, sagte Charity unhöflich. »Es war nicht meine Idee.«

»Irgendeine Fangschaltung«, sagte Harris, der sich auf Dubois stützten mußte. »Die Konsole hat nichts angezeigt, also muß es draußen passiert sein.«

»Direkt in die Magnetschienen verdrahtet«, stimmte Charity zu. »Wenn wir schneller gewesen wären, dann würden unsere Überreste da vorne liegen, vom Bahnsteig aus zur Besichtigung freigegeben.«

»Du bist vielleicht paranoid, aber deshalb mußt du dich noch lange nicht irren«, scherzte Skudder mühsam.

»Das ist wirklich sehr witzig«, sagte sie, und der harsche Tonfall in ihrer Stimme überdeckte ihre Sorge. Skudder wirkte ziemlich angeschlagen. Sie trat an die Konsole heran, die erstaunlicherweise noch funktionierte, obwohl sie sich unter Harris' Aufprall verformt hatte.

»Versuchen wir, ob wir die letzten Meter auch noch schaffen«, sagte sie.

»Ich komme mir vor wie in einer riesigen Kanone«, murmelte Henderson, der durch die Frontscheiben in die taghell erleuchtete Vakuumröhre starrte. Der Vergleich war unglaublich ermutigend.

»Halten Sie den Mund«, versetzte Charity knapp.

Die Kabine setzte sich mit einem merklichen Ruck wieder in Bewegung. Der Zylinder schob sich wie eine überdimensionale Konservendose in die Station hinein. Das Licht aus dem luftgefüllten Bereich auf der anderen Seite der großen Panoramascheiben glitt durch die Kabine, deren Innenbeleuchtung bei der Notbremsung zu schwachem Rot gewechselt hatte. Charitys rechte Hand schwebte dicht über dem Notschalter, und sie beobachtete aufmerksam die Geschwindigkeitsanzeige. Die anderen sammelten schweigend die herumliegende Ausrüstung und die Waffen ein. Harris schnallte sich mit Estevez' Hilfe die Bombe auf den Rücken, eine Last, die er nur aufgrund der niedrigen Mondschwerkraft bewältigen konnte, und Skudder nahm den Taktikcomputer.

Der Koppelschlauch der Schleuse passierte das vordere Ende der Kabine. Charity überließ der automatischen Kontrolle das Andockmanöver, aber sie hielt sich bereit, den Vorgang jederzeit zu unterbrechen. Instinktiv überprüfte sie Helm und Anzug. Wenn sich die Schleuse statt auf den Bahnsteig ins Vakuum öffnen sollte, würde die Kabine innerhalb von Sekundenbruchteilen luftleer sein. Ohne Druckanzug hätte keiner von ihnen den Hauch einer Chance. Die Kabine hielt an, und außen am Zylinder scharrten mechanische Kontakte und schlossen sich. Die Lichtanzeige über der Tür wechselte auf Grün.

Charity legte das System mit dem Notschalter still. »Das war's«, sagte sie überflüssigerweise. »Dubois, machen Sie die Tür auf.«

Die Frau gehorchte wortlos, ihr Gewehr entsichert und im Anschlag. Vor ein paar Stunden noch hätte Charity sie deshalb gestoppt, aber nach dem Zwischenfall mit der Reinigungsmaschine sah sie keinen Grund mehr dazu. Sie selbst ertappte sich immer wieder dabei, sich an ihrer ramponierten Waffe festzuhalten, als böte sie irgendeine Sicherheit.

Die Kabinentür glitt auf, und gleich darauf öffnete sich die Schleusentür zum Bahnsteig, der hell, großräumig und völlig verlassen vor ihnen lag. Charity trat neben Dubois und musterte mißtrauisch Boden, Decke und Wände. Die Plastikverkleidung hatte in den vergangenen sechzig Jahren weniger gelitten als in den fünf Jahren, die die Basis in menschlicher Hand gewesen waren, aber die früher weiße Farbe hatte inzwischen einen deutlich gelben Ton angenommen.

»Achten Sie auf Schaumspuren«, sagte Charity, bevor sie an Dubois vorbei in die Schleuse trat. Die Frau hatte den scherzhaften Unterton offensichtlich nicht mitbekommen und sah irritiert hinter ihr her, und Charity hatte die Mündung von Dubois' Waffe nicht mehr im Rücken, bevor diese die Fassung wiedergefunden hatte.

Sie hörte Skudders Lachen über Funk und lächelte flüchtig, während sie im geisterhaften Licht ihrer Infrarot-Zielanzeige den Bahnsteig absuchte. Das kleine rechteckige Display war wie ein kleines Fenster in eine gefährlichere, fremdartige Welt, aber es zeigte nicht mehr als ein beruhigend gleichmäßiges, kaltes Blau. Neben ihr scharrten Stiefel über den Bahnsteig, und Dubois schloß zu ihr auf.

Der Bahnsteig war nicht so groß wie der Terminal an der Kommandozentrale der MacDonald-Basis, aber er hatte die Ausmaße einer kleineren Sporthalle, und es gab auf der gegenüberliegenden Seite noch eine weitere Vakuumröhre. Mehrere Rolltreppen führten zu höhergelegenen und tieferen Ebenen, drei offene Fahrstühle mit fast vollständig verglasten Aufzugkabinen ragten in der Mitte der Halle wie eine tragende Säule zur Decke empor, die sich in zehn Meter Höhe öffnete. Laufbänder führten zu den sternförmig auseinanderlaufenden Gängen, die neben den Transportbändern auch noch vier Meter breite Gehsteige für Fußgänger und eine abgeteilte Bahn für die kleinen sechsrädrigen Elektrofahrzeuge aufwiesen. Trotzdem waren die Bahnsteige während der Schichtwechsel vor sechzig Jahren ständig überlastet gewesen. Es erinnerte sie daran, wie viele Menschen es hier einmal gegeben hatte, die große Hoffnungen auf die unwirtliche Rückseite des Mondes geführt hatten. Charity dachte an ihre eigenen Hoffnungen, die sie veranlaßt hatten, mehrere Jahre ihres Lebens in diesem Getriebe zu verbringen, und spürte plötzlich einen schalen Geschmack auf der Zunge.

»Alles in Ordnung«, sagte sie laut und bedeutete Dubois mit der Hand, auf die andere Seite der Halle zu wechseln. »Beeilt euch. Ich will hier nicht zu lange bleiben. Schließlich hat uns irgend jemand hier angehalten, und ich nehme an, daß er sich dabei etwas gedacht hat.«

»Verstanden«, antwortete Harris geschäftsmäßig und duckte sich hinter ihr durch die Schleuse, seine Schritte ein wenig schwankend unter der Masse der Bombe. Er trug seinen Tornister mit der Luftversorgung in der Hand, weil er seine tödliche Last direkt an die Tragegurte seines Anzugs hatte hängen müssen. Estevez folgte direkt hinter ihm.

Charity versuchte, die verblichenen Beschriftungen an den Wänden zu identifizieren. Eine dieser Röhren führte direkt zum Zentralbereich und die beiden angrenzenden in die unmittelbare Nähe. Ihr Instinkt sagte ihr, daß es keine gute Idee sein dürfte, es mit dem direkten Weg zu versuchen. Sie erkannte einen der Boulevards parallel zur Vakuumröhre und gleich darauf den anderen, den sie gesucht hatte.

»Wohin?« fragte Skudder, der die anderen überholt hatte und neben ihr stehengeblieben war, während Henderson als letzter die Kabine verließ.

»Nord Zwei«, sagte sie und deutete mit dem Gewehr in die Richtung. »Lassen wir es langsam angehen.«

Sie gingen in einer weit auseinandergezogenen Reihe über den verlassenen Bahnsteig, Estevez ein paar Schritte vor den Panoramascheiben zur Transportröhre, dann Harris und Skudder; Charity und Dubois schritten auf der Außenseite. Zwei Leuchtkörper irgendwo vor ihnen flackerten unregelmäßig, und die Beleuchtung in mehreren der kleineren abzweigenden Gänge war ganz angeschaltet worden. Der Klang ihrer Stiefel hallte weit die leeren Gangröhren hinunter und kehrte abgeschwächt wieder zu ihnen zurück, wenn er von einem geschlossenen Schott reflektiert wurde.

Charity schaltete wieder auf Infrarot. Sie hatte sich während der Fahrt die Zeit genommen, die Kabelverbindung vom Gewehr und die Buchse am Helm zu überprüfen, und nach ein paar Minuten hatte sie den Anschluß wiederherstellen und den Wackelkontakt beheben können. Sie konzentrierte sich auf den breiten Weg vor ihnen. Der Gang beschrieb einen leichten Bogen und verschwand nach hundert Metern außer Sicht. Sie waren noch zwanzig Meter vom Eingang entfernt. In diesem Teil des Bahnhofs stand eine Menge Gerümpel herum, große Transportkisten, die offenbar gewaltsam geöffnet worden waren, und Kabeltrommeln. Anscheinend hatte das Personal noch irgendwelche Installationen vornehmen wollen und war durch die Invasion mitten in den Bauarbeiten unterbrochen worden. Werkzeugkisten standen an der Wand neben einem der kleinen Fahrzeuge, die für weitere Strecken benutzt worden waren, und eine große Platte war aus der Wandverkleidung gelöst worden. Im Infrarot war der Kabelschacht nur eine dunkelblaue Höhle mit ein paar hellblau glühenden Kabelbündeln und einem einzelnen blauen Lichtfleck.

Sie blieb stehen und schaltete auf Normalsicht zurück. Noch bevor das kleine blaue Licht in der Dunkelheit des Kabelschachtes sich in seiner echten, roten Farbe zeigte, stieß sie schon einen Warnschrei aus und ging in die Hocke. Neben ihr warf sich Skudder zu Boden, ein falscher Reflex, der ihn sekundenlang waagerecht in der Luft dahinsegeln ließ, während Harris sich unter dem Gewicht der Bombe einfach auf die Knie fallen ließ.

Ein paar Sekunden lang war es ruhig.

»Was ist los, verdammt?« fragte Skudder, der hinter eine der Ersatzteilkisten gerobbt war.

»Neben Nord Drei«, sagte Charity und spähte vorsichtig über den Rand der Rolltreppe hinweg, die ihr Deckung bot. »Der offene Schacht, auf der linken Seite.«

»Ich sehe es«, sagte Skudder. »Und weiter?«

»Das rote Licht«, sagte Charity. »Ich habe so ein Blinklicht schon einmal in dem Hangar gesehen. Als wir Steiner verloren haben.«

Die nächsten Sekunden erschienen ihr seltsam unwirklich. Aus den Augenwinkeln sah sie fast wie in Zeitlupe Dubois, die hinter einer Gruppe von Plastikcontainern kniete, ihr Gewehr ansetzte und mit tödlicher Gelassenheit auf den offenen Kabelschacht zielte. Sie öffnete noch den Mund und holte tief Luft, aber ihre Muskeln reagierten träge, gleichsam wie gelähmt, während sie hilflos mitansehen mußte, wie Dubois Maß nahm. Sie glaubte noch zu sehen, wie sich Daumen, Zeigefinger und Mittelfinger gegen die Auslöser krümmten, und bevor sie noch ein Wort herauspressen konnte, schlug die Geschoßgarbe in die Wand ein, und die Kette von Explosionen übertönte brüllend jeden weiteren Laut. Splitter der Wandverkleidung und Teile der dahinterliegenden Verstrebung wirbelten durch die Luft. Dann folgte eine viel größere Explosion, vermutlich die Energiezellen der Anlage, die dort im Kabelschacht installiert gewesen war, und der größte Teil der Beleuchtung im Bahnhof fiel aus. Nur der Gang vor ihnen, der Eingang halb blockiert von qualmenden Trümmern, schimmerte noch in gleichmäßig weißgelbem Halogenlicht.

»Dubois!« schrie Charity ihre Wut hinaus. Die Frau wandte in ihrem Helm halb den Kopf, und ihre Blicke begegneten sich. Einen Moment lang dachte Charity, die andere würde auf sie schießen, und unwillkürlich richtete sie ihre eigene Waffe auf Dubois, aber der Moment ging vorbei, und bevor eine von ihnen die Gelegenheit bekam, irgend etwas zu sagen oder zu tun, eröffneten die drei anderen Laserkanonen, die über den Bahnsteig verteilt waren, aus ihren getarnten Positionen das Feuer.

Zehn Sekunden lang tobte ein Inferno aus schmelzendem Metall und berstendem Glas, und drei große Flächen des Bahnsteiges verwandelten sich in rauchende Wunden. Harris kam mühsam auf die Beine und hastete los, nutzte die Ladezeit der Kanonen, um sich in Sicherheit zu bringen. Zwei der Laserpulse hatten ihn nur knapp verfehlt. Skudder schob sich über eine Kante hinter ein Laufband, und Dubois löste sich von den zerschmolzenen Überresten der Plastikbehälter, die ihre Deckung gewesen waren. Ihre Stiefel zogen lange, schwarze Fäden, als sie die in der Hitze flüssig gewordenen Bodenplatten hinter sich ließ.

Dann kam die zweite Lasersalve, und das Rolltreppengeländer neben Charity zerplatzte. Die Hitzewelle ließ ihre Anzug-Kontrollen in warnendem Gelb aufleuchten, und eine kleine Leuchtschrift im Display informierte sie darüber, daß der Druckanzug unter allen Umständen sofort einer umfassenden Wartung unterzogen werden müßte. Sie ignorierte die Aufforderung, feuerte zwei Granaten auf die einzige Kanone, deren Standort sie in der Eile hatte erkennen können. Der Laserpuls hatte für einen winzigen Sekundenbruchteil eine glühende Bahn in die dichter werdenden Rauchschwaden geschnitten, die ihr die Richtung angezeigt hatte. Die Geschosse verfehlten die Kanone, die wie eine klobige, schwere Kamera auf einem niedrigen, massiven Dreibein kauerte, halb verborgen in den Resten ihrer Plastiktarnung. Der Doppelschlag der Explosion erschütterte die Aufzugsäulen in der Bahnhofsmitte und verteilte eine riesige Wolke feiner, glitzernder Glassplitter von einer Liftkabine in der Luft. Kabel lösten sich und fielen majestätisch langsam von der Decke herab, während Estevez auf dasselbe Ziel feuerte, trotz der größeren Entfernung mit größerem Erfolg. Die automatische Kanone verschwand in einem Feuerball, der sich schlagartig noch einmal aufhellte, als auch hier die Energiezelle barst. Die Druckwelle riß Charity einfach von den Beinen.

Als sie wieder hochkam, feuerten die beiden anderen Kanonen zum dritten Mal, brachen der Rolltreppe das stählerne Rückgrat und ließen das untere Drittel auseinanderfallen. Splitter wirbelten um Charity herum, während sie auf den Gang mit der Bezeichnung Nord Zwei lief, den Harris und Skudder bereits erreicht hatten. Irgend jemand, vermutete Henderson, schrie über Funk, ein Schrei, der plötzlich abgeschnitten wurde, als sein Funkgerät in einem knisternden Kurzschluß verbrannte. Dubois stand ein paar Meter entfernt, verteilte ihre gesamte Munition über die Plattform, auf der eine der beiden verbliebenen Kanonen stand, und dann feuerte die andere Kanone einen Puls, der Dubois verfehlte und statt dessen eine der Panoramascheiben an der Vakuumröhre traf.

Irgendwie schaffte Charity es, sich an einer der aus dem geborstenen Boden ragenden Trägerstreben festzuhalten. Der Sog riß schmerzhaft an Handgelenk, Ellenbogen und Schultergelenk, und sie spürte, daß ihr das Gelenk fast ausgekugelt worden wäre, und dann prallte irgend etwas, das die entweichende Luft mitgerissen hatte, schwer gegen ihre linke Seite und trieb ihr die Tränen in die Augen. Charity hörte ein hohes, unterirdisches Pfeifen, das sich in Frequenz und Lautstärke immer mehr steigerte, und als es an die Grenze ihres Hörvermögens gelangte und wieder leiser wurde, weil die verbleibende Luft immer dünner wurde, riskierte sie es, den Kopf zu heben. Der Bahnsteig sah aus, als würde er von einer Orkanböe leergefegt. Leere Behälter und Platten aus der Wandverkleidung bewegten sich wie von einem heftigen Wind erfaßt an ihr vorbei, auf die Panoramascheibe zu, die auf voller Länge zerborsten war. Sie hörte die dumpfen, grollenden Schläge, mit denen sich in der Vakuumröhre des Magnetbahnsystems die schweren Druckschotts schlossen, und die weniger lauten Geräusche der zufallenden Sicherheitstüren in den verschiedenen Gängen. Mühsam plagte sie sich auf die Knie. Dubois wankte ein paar Meter vor ihr auf den Gang zu, dessen Doppeltür sich wegen der von der Explosion verbogenen Bodenplatten nur schwerfällig bewegen konnte. Sie sah Henderson auf dem Rücken liegen. Der Druckanzug war brandgeschwärzt und qualmte noch immer. Charity stützte sich auf, aber die Knie gaben unter ihr nach. Sie sah sich vergeblich nach Estevez um, erinnerte sich schließlich daran, daß die Frau nur wenige Meter vor der geborstenen Panoramascheibe gestanden hatte. Sie entdeckte Fetzen des Druckanzuges zwischen den Trümmern der Transportkabine, die unter der Wucht der Explosion aufgerissen worden war. Estevez war so gestorben, wie sie gelebt hatte, unbemerkt und ohne Worte. Charity wandte sich ab und kämpfte die Übelkeit nieder. Der Anblick von Dubois, die inzwischen den Gang erreicht hatte, machte sie wütend, und die Wut verlieh ihr neue Kraft, ließ sie auf die Beine kommen und der allmählich schwächer werdenden Gewalt des Windes widerstehen. Die Wand halbrechts von ihr zerbarst plötzlich wie unter dem Faustschlag eines unsichtbaren Riesen, und sie begriff beiläufig, daß die letzte Kanone noch intakt war. Dann hatte sie die Doppeltür erreicht. Skudder zog sie in den Gang, durch den sich immer rascher schließenden Spalt hindurch.

Auf der anderen Seite fiel sie auf die Knie und rang nach Luft. Ihr Herzschlag übertönte alles andere, löschte jeden Gedanken aus. Irgendwie kam sie wieder auf die Beine, faßte ihr Gewehr mit beiden Händen und stolperte auf Dubois zu, die sie erst im letzten Moment bemerkte. Der Kolben traf die völlig überraschte Frau mitten in den

Rücken und ließ sie vorwärts taumeln, wobei sie ihre eigene Waffe verlor, und als sie sich halb herumgedreht hatte, die Hände zur Abwehr gehoben, traf Charity sie ein zweites Mal brutal in den Bauch, bevor jemand sie mit eiserner Kraft an den Oberarmen packte und unnachgiebig festhielt, obwohl sie sich heftig wehrte. Dubois fiel langsam auf den Rücken und stand nicht wieder auf, und nach einer Weile hörte Charity auf, sich zu winden und nach Skudder zu treten. Sie ließ das Gewehr fallen und wehrte sich nicht, als er sie stumm in die Arme schloß.

Hinter ihnen schloß sich die Doppeltür mit einem dumpfen Laut, und plötzlich wirkten alle Geräusche wie in Watte gepackt.

8

Stone war ein wenig aus der Übung, was die militärischen Funkzeichensysteme betraf. Daß er auf die Unterstützung der Computer verzichten mußte, hatte die Sache auch nicht gerade erleichtert. Trotzdem hatte er deutliche Fortschritte gemacht. Die vollständige Botschaft war nicht weniger lückenhaft als die kürzere Fassung, die die Jared Captain Laird und ihm überlassen hatten, aber es gab ein paar zusätzliche Informationen.

Nach einer Weile lehnte er sich in seinem Stuhl zurück und versuchte, die einzelnen Teile des Puzzles zusammenzusetzen. Da war der Satz, der von der Rückseite des Mondes sprach. Diesen Teil kannte er schon. Vom folgenden Satz war nur das Wort *Tiefe* übriggeblieben.

Der nächste Satz allerdings war von den Jared ganz übergangen worden, und obwohl er auch hier nur ein

Wort entziffern konnte, erschien das Interesse der Jared an der Expedition zum Mond in einem völlig neuen Licht.

Shait, hieß es lapidar.

Stone betrachtete die Zeichenfolge am Ende des Satzes. Er konnte ein paar Buchstaben zuordnen, aber er wußte nicht einmal, ob sie zu einem Wort oder zu mehreren gehörten. Es hätte *Mitte* heißen können oder *mittel* oder auch . . .

»Transmitter«, sagte er entgeistert. »Diese verdammten Halunken.« Und plötzlich hatte er eine ziemlich deutliche Vorstellung davon, *wer* diese Nachricht geschickt hatte und wie es geschehen war.

»Governor Stone«, sagte eine menschliche Stimme respektvoll. Er blickte hastig zur Tür und erkannte den Umriß eines Mannes.

»Wer sind Sie?« fragte er barsch, um seinen Schreck zu überdecken. In letzter Zeit wurde es anscheinend zur Gewohnheit, daß jeder seine Tür öffnete, wann es ihm paßte.

»Diese Einheit hat keinen Namen«, sagte der Mann höflich und trat in den Lichtkreis der Schreibtischlampe. »Ich hoffe, ich störe nicht.«

Stone starrte den Jared wütend an. Der Mann war nicht einmal halb so alt wie er, einer der ausgebrannten Tiefkühlsoldaten, derer sich die Jared so wohlwollend angenommen hatten. Das glatte, faltenlose Gesicht zeigte keine Regung, und die Augen hatten diesen leicht trüben, distanzierten Blick, hinter dem sich jede Spur einer Persönlichkeit versteckte. Falls diese Menschen noch einen Rest eigener Persönlichkeit besaßen.

Andererseits, dachte Stone schaudernd, war es vielleicht ganz gut, eine Persönlichkeit zu verstecken, die siebenundfünfzig Jahre in völliger Isolation verbracht hatte.

»Und wenn Sie mich stören, macht das einen Unterschied?« fragte er schließlich.

»Das hängt davon ab«, versetzte der Jared höflich und

blieb vor dem Schreibtisch stehen. Sein Blick klärte sich plötzlich, und er betrachtete neugierig die Computerausdrucke, die mit Stones Notizen bedeckt waren.

»Wovon?« fragte Stone und verwünschte sich innerlich dafür, die verräterischen Zeilen nicht rechtzeitig abgedeckt zu haben.

»Das hängt davon ab, wobei ich Sie störe.«

Er sah den Jared scharf an, und der Mann erwiderte seinen Blick ungerührt. Auf einmal wirkten seine Augen nicht mehr distanziert oder leblos, sondern neugierig und lebendig.

»Sie wissen genau, was ich hier tue«, sagte er doppeldeutig, um seinem seltsamen Besucher auf den Zahn zu fühlen.

»In der Tat«, nickte der Mann. »Haben Sie gefunden, wonach Sie suchten?«

Der Instinkt, der ihn sechzig Jahre lang am Leben erhalten hatte, warnte Stone. »Ich will mit Kias sprechen«, sagte er.

»Bedaure«, antwortete der Jared höflich. »Die Einheit Kias ist zur Zeit nicht verfügbar.«

»Weiß Captain Laird, in was ihr sie hineingeschickt habt?« fragte er wütend und wußte im selben Moment, daß er einen Fehler gemacht hatte.

Der Jared musterte ihn aufmerksam.

»Weiß sie es?« wiederholte Stone. Es hatte wenig Sinn, jetzt noch zurückzustecken.

Der Mann lächelte ihn offen an, und in gewisser Weise war dieses sympathische Lächeln schlimmer als jede Drohung. »Wir reden später darüber, Governor Stone«, schlug er vor. »Wir denken, daß der Zeitpunkt gekommen ist, eine andere Frage zu erörtern.«

»Welche Frage?« sagte Stone verwirrt. Unwillkürlich machte er sich bereit, aufzuspringen und den Jared zu überwältigen. Der Jared musterte ihn besorgt, und hinter ihm zeichnete sich im Türrahmen plötzlich ein anderer

Umriß ab, eine Silhouette, die eindeutig nichtmenschlich war. Stone ahnte plötzlich, um welche Frage es ging, und er wünschte sich, eine Waffe bei sich zu haben.

»Sagen wir, der Zeitpunkt ist gekommen, über Ihre Aufnahme in die Gemeinschaft zu entscheiden«, erklärte der Jared, während sich die *Ameise* in das Zimmer schob.

»Bin ich an der Entscheidung beteiligt?« fragte Stone zur Ablenkung, während sich seine Gedanken überschlugen.

Der Jared lächelte höflich. »Tatsächlich ist die Entscheidung zu Ihren Gunsten ausgefallen, Governor«, teilte er erfreut mit. »Die Jared sind bereit, Sie in die Arme zu schließen.«

Gewissermaßen in alle vier, dachte Stone verbittert. *Unter Räubern gibt es keine Ehre.* Der Jared war aufgestanden und ging um den Schreibtisch herum, und die *Ameise* blockierte den Weg zur Tür. Nach sechzig Jahren waren ihm schließlich doch die Schlupflöcher ausgegangen. Plötzlich fühlte er eine ungeheure Müdigkeit.

»Ihr habt uns erzählt, daß ihr niemanden gegen seinen Willen aufnehmt«, versuchte er es noch einmal. »Ihr habt es versprochen.«

Der Jared blieb stehen, einen halben Meter von ihm entfernt. Einen Moment lang wirkte der Mann verwirrt. Er sah die *Ameise* an, die reglos auf der anderen Seite des Tisches stand, und dachte nach. Stone empfand gegen seinen Willen so etwas wie Hoffnung.

Plötzlich lächelte der Jared wieder. »Dann haben wir gelogen«, sagte er strahlend.

9

Nord Zwei führte als Tangente an dem großen Straßenring um die Zentrale herum. Unter normalen Umständen hätten sie die verbliebene Entfernung in zehn Minuten zurücklegen können, aber sie ließen sich Zeit. Gelegentlich gab es Hindernisse, aber sie stießen auf keinen so ausgeklügelten Hinterhalt wie in der Bahnhofshalle. Schotts waren blockiert, die Beleuchtung ließ sich in gewissen Abschnitten nicht einschalten, und auf hundert Metern Länge waren die Bodenplatten entfernt worden, so daß die elektrische Verkabelung frei lag, aber sie ließen sich davon ebensowenig aufhalten wie von Drahtsperren und den drei Sprengminen, die sie ganz am Ende, vor dem Durchgang zum Ring entdeckten. Eine grimmige Entschlossenheit hatte von Charity Besitz ergriffen. Sie und Dubois hatten nicht ein einziges Wort miteinander gewechselt, und auch die anderen waren sehr wortkarg gewesen. Eine Viertelstunde hatten sie warten müssen, ehe Dubois das Bewußtsein wiedererlangt hatte und auf die Beine gekommen war. Harris und Dubois gingen seitdem immer ein paar Meter vor Skudder und ihr, und Charity hatte keinen Grund gesehen, sie davon abzuhalten. In einem weit entfernten Winkel ihres Bewußtseins wußte sie, daß sie sich in keiner gesunden Verfassung befand und, daß ihr Verhalten einer gefährlichen Verrücktheit entsprang. Die letzten Tage waren zuviel für sie gewesen. Zwischendurch registrierte sie die besorgten und nachdenklichen Blicke, die Skudder ihr zuwarf, wenn er glaubte, sie bemerkte es nicht, aber nicht einmal die Wachsamkeit, die in seinem Blick lag, vermochte sie noch zu erschrecken. Der Indianer entfernte sich nie besonders weit von ihr und achtete auf sie genauso wie auf seine Umgebung.

Der Ring lag offen vor ihnen, aber Harris feuerte sicherheitshalber eine Projektilsalve in die Steuerelektronik der Sicherheitstüren, bevor sie zwischen die tonnenschweren Türflügel hindurchtraten. Seit dem Feuergefecht auf dem Bahnhof konnte ihre Anwesenheit nicht unbemerkt geblieben sein. Keiner von ihnen wollte es riskieren, zwischen Panzerstahlplatten zermalmt zu werden.

Sie betraten vorsichtig den dreigeschossigen Tunnel des Rings, der in einem Radius von einem Kilometer um die Kommandozentrale der MacDonald-Basis herumführte. Die meisten Sicherungsanlagen lagen schon hinter ihnen. Niemand hatte es für notwendig gehalten, auf der Rückseite des Mondes eine hundertprozentige Abschottung der Zentrale einzurichten. In der Basis war fast ausschließlich Militärpersonal stationiert gewesen, und die wirklichen Kontrollen hatten damals auf den Shuttlehäfen und in den Raumstationen stattgefunden, lange bevor man das Basisgelände erreicht hatte.

Die zehn Meter messenden Transportbänder standen

still, und die doppelt so breiten Betonpisten der Fahrzeugstraßen lagen völlig verlassen da. Sie benutzten eine abgeschaltete Rolltreppe und erreichten unbehelligt das Zugangsportal auf der Innenseite des Rings. Es war einer der zahlreichen Diensteingänge, die während der Schichtwechsel von den Bedienungsmannschaften benutzt wurden, leicht zu verteidigen, daher auch nicht übermäßig gesichert. Vor der verschlossenen Tür blieben sie stehen.

»Und jetzt?« fragte Skudder und berührte die Tür mit dem Handschuh.

»Wir sprengen die Tür auf«, sagte Charity. »Keine Chance, sie ohne den zulässigen Code zu öffnen.«

»Und was passiert dann?« fragte Harris vorsichtig. »Ich möchte nicht von einer Horde Kaffeemaschinen angefallen werden oder was immer sonst diesen Zugang verteidigt.«

»Keine Kaffeemaschinen«, antwortet Charity humorlos. »Ich habe hier sechs lange und langweilige Monate Dienst geschoben, und ich kenne diese Zugänge wie meine Westentasche. Es gibt eine Menge passiver Kontrollen und viele Warnsysteme, die wir zum größten Teil schon ausgelöst haben, als wir die Treppe hinaufgekommen sind, aber es gibt keine Verteidigungsanlagen.«

»Das ist sechzig Jahre her«, sagte Skudder.

»Erinnere mich nicht daran«, versetzte sie knapp. »Diese Gänge sind nicht besonders groß, und sie verlaufen schnurgerade bis zur Zentrale. Niemand kann sich dort verstecken, und die Wände sind massiv. Der ganze Komplex ist ein massiver Block, der innerhalb des Verteilerringes schwingungsfrei aufgehängt ist. Wenn irgend etwas hinter dieser Tür ist, das nicht von den Geschossen zerfetzt wird, dann werden wir es sehen können, sobald es uns sieht. Und im Gegensatz zu uns hat es keine Deckung.

Skudder sah sich vielsagend auf dem Treppenabsatz um, auf dem sie standen. Von ihrer Position aus konnten sie den größten Teil des Ringabschnittes unter ihnen überblicken, aber zum Zugang hin hatten sie keinen nennenswerten Schutz.

Charity nickte ungeduldig. »Wir werden rechts und links von der Tür stehen müssen«, sagte sie. »An der Wand.«

»Direkt neben der Sprengladung«, sprach Skudder seine Befürchtungen aus.

»Direkt daneben«, gab sie widerwillig zu. »Verdammt, es gefällt mir sowenig wie dir, aber hast du einen besseren Vorschlag?«

»Ich bleibe auf der Rolltreppe«, meldete sich Dubois. »Ich kann von dort aus den Gang einsehen, wenn die Zugangstür aufgesprengt ist, nicht wahr?«

»Sie liegen dort wie auf dem Präsentierteller«, sagte Charity warnend und wunderte sich über sich selbst.

Dubois sah sie nur an.

»Wenn die Tür verstärkt worden ist oder wenn eine zusätzliche Barriere dahinter aufgebaut worden ist, reißt der Rückschlag der Hohlladung Sie die Treppe hinunter«, versuchte Charity es noch mal.

»Ich weiß«, erwiderte Dubois beinahe sanft.

»Na schön«, sagte Charity und war plötzlich auf sich und auf Dubois wütend, die offenbar auf alles eine Antwort hatte. »Ihre Beerdigung, Dubois. Bringen Sie die Ladung an, Harris. Bomben sind doch Ihre Spezialität, oder?«

Harris gehorchte wortlos. Sie fing Skudders Blick ein. Er schüttelte leicht den Kopf, und sie wandte sich ab; sie war noch zorniger als zuvor. Mit mechanischen Bewegungen begann sie damit, noch einmal ihre Waffe zu überprüfen. Sie tauschte ein halbvolles gegen ein volles Magazin aus und suchte sich dann einen Platz neben der Tür. Sie hielt sich ziemlich nah an der Kante und beobachtete Harris, der die Hohlladung montierte, bereit, in Deckung zu gehen, falls sich die Tür plötzlich von allein öffnen sollte.

Skudder stellte sich hinter sie. Sie sah sich nicht zu ihm um, aber sie wußte, daß er sie anschaute. Plötzlich spürte sie seine Hand, die durch den schweren Anzugstoff hindurch ihre Schulter drückte. Unwillkürlich versteifte sich ihr Körper, aber dann erkannte sie die Berührung als Ermutigung, und sie entspannte sich ein wenig.

»Danke«, sagte sie leise, ohne sich umzudrehen. Harris sah flüchtig in ihre Richtung und blickte dann wieder auf den flachen Behälter, den er mit einem Unterdruckverschluß an die Tür geheftet hatte. Er setzte einen Zylinder in den Behälter ein, der so dick wie sein Handgelenk war und zwanzig Zentimeter lang.

»Fertig«, sagte er und sah Charity an. Sie warf einen Blick auf Dubois, die sich flach auf den Boden preßte, das Gewehr im Anschlag. Ihre Beine hingen die ersten Stufen der Rolltreppe hinaus. Falls sich die Rolltreppe jetzt in Bewegung setzen sollte, würde die Frau einfach mitgerissen werden. Dann würde sie vermutlich den ganzen Treppenabsatz in Schutt und Asche legen, dachte Charity mißmutig.

»Okay«, sagte sie laut. »Nehmen Sie die andere Seite, Harris, und ziehen Sie den Kopf ein.«

»Verstanden«, sagte er.

»Zwanzig Sekunden.« Er betätigte den kleinen Drehschalter an der Bodenfläche des Zylinders und rollte sich hastig an der Wand ab. Der Schalter begann hastig zu blinken.

Zehn, elf, zwölf, zählte Charity stumm mit und rückte dann von der Tür ab, preßte sich mit dem Rücken an die Wand und gegen Skudder, der hinter ihr kaum noch Platz hatte. Falls sie sich verschätzt hatte, würde sie wenigstens den größten Teil von der Explosion von ihm abhalten können. Sechzehn, dachte sie und legte den Kopf in den Nacken. Ihr Blick richtete sich auf Dubois. Die Frau sah sie an.

»Viel Glück«, sagte sie beinahe gegen ihren eigenen

Willen. Dann kam der unvermeidliche dumpfe Schlag, und die ganze Wand bäumte sich hinter ihr auf. Die breitstreuende Hohlladung durchschlug die Tür und schmolz sich einen glühendheißen Weg in den Raum dahinter, füllte ihn über mehrere Meter hinweg mit einer Stichflamme und heißem Gas. Im nächsten Moment feuerte Dubois zwei Granaten durch die entstandene Öffnung. Der Rückschlag der zweifachen Explosion riß die Fetzen der Tür auseinander und ließ Dubois rücklings auf die Rolltreppe fallen, und dann folgte eine Kette von kleineren Explosionen, die den ganzen Komplex zu erschüttern schien.

Die neu entfachte Wut machte Charity einen Moment lang blind. Wieder war es Skudders Hand, die sie in die Gegenwart zurückholte.

Es blieb ruhig. Dubois schob sich die Rolltreppe wieder hinauf und brachte ihre Waffe in Anschlag, aber ihre Schüsse wurden nicht erwidert.

»Wenn die Tür gehalten hätte, hätten uns die Granaten in Stücke gerissen«, sagte Charity, und ihre Stimme war eiskalt.

»Die Granaten oder die Hohlladung«, erwiderte Dubois ungerührt. »Das Risiko mußte ich eingehen.« Sie kam auf die Knie. »Sehen Sie sich's an.«

Charity lag eine bittere Entgegnung auf der Zunge, aber sie hielt den Mund. Sie ging in die Hocke und warf einen Blick in den Gang. Durch Rauchschwaden und Qualm hindurch entdeckte sie die zerschmolzenen Umrisse einer automatischen Kanone. Die Explosionen hatten den gesamten Aufbau von dem Dreibein gerissen.

Harris beugte sich vor. Sein Zieldisplay schimmerte wie eine glühende Spielkarte in seinem Helm.

»Marie hätte keine Chance gehabt, wenn sie erst hingesehen hätte«, sagte er nach einer Weile.

»Und wir hätten keine Chance gehabt, wenn sie das verdammte Loch verfehlt hätte«, erwiderte Charity.

Dubois stand auf und näherte sich der Tür. Neben Charity blieb sie stehen.

»Ich habe nicht verfehlt«, sagte sie. »Können wir jetzt gehen?«

Charity sah ihr und Harris nach. »Ich bin zu alt für solche Sachen«, sagte sie erschöpft und warf Skudder einen Blick zu, der ihm riet, sich jedes Kommentares zu enthalten.

Zu alt, wiederholte sie in Gedanken und erkannte, daß es mehr als eine gedankenlos hingesagte Floskel war. *Zu viele Erinnerungen.*

»Bist du okay?« fragte Skudder besorgt. Sie lächelte ihn an, dunkel hinter ihrem staubbedeckten Helmvisier. Es war das erste Lächeln, seit dieser Wahnsinn begonnen hatte.

»Nein«, sagte sie ehrlich. »Aber ich kann noch aufrecht gehen. Was kannst du noch verlangen?«

»Nichts«, sagte er und erwiderte ihr Lächeln. »Es tut gut, dein Gesicht zu sehen. Ohne diese Gewitterwolken.«

Sie sagte nichts darauf. Er deutete eine Verbeugung an, mühsam genug mit dem stummen Würfel auf dem Rücken, und ließ ihr mit einer absurd höflichen Geste den Vortritt. Sie wand sich zwischen den glühenden Resten der Tür hindurch und folgte Harris. Die beiden Soldaten hatten die zehn Meter entfernten Reste der Laserkanone erreicht und warteten. Der Gang wirkte, als sei er aus den Fugen geraten. Die Explosion der Energiezelle hatte die Plastikdämmung aus den Wänden gerissen. Ein Teil davon schwelte noch. Charity beglückwünschte sich stumm zu ihrem Druckanzug und seiner geschlossenen Luftversorgung.

»Computergesteuert«, sagte Harris, als sie die Überreste erreicht hatte. »Irgendein automatisches Zielsystem.«

»Genau wie die Kanonen in der Bahnhofshalle«, stimmte Charity zu.

»Aber wie?« fragte Skudder hinter ihr.

»Bewegungssensoren, Schallsensoren, was weiß ich.« Sie fühlte sich müde. »Oder Infrarot. Ich schätze, man hat irgendeine einfache Elektronik an die Waffe angeschlossen und ein simples Programm installiert.« Sie ging in die Hocke und tastete mit dem Handschuh zwischen den heißen Trümmern herum. »Sobald sich irgend etwas verändert, schießt ihr.«

»Ziemlich konservativ«, sagte Skudder.

»Primitiv, aber wirksam«, erwiderte sie ohne Humor. Sie blickte über die zertrümmerte Waffe hinweg zum Ende des Gangs. Das Schott war offen, dahinter lag nur Dunkelheit. »Sieht so aus, als hätten wir es geschafft.«

Dubois warf ihr einen Blick zu, gelbschimmernd durch das Infrarot-Display.

»Gehen Sie ruhig vor«, sagte Charity. »Ich kenne den Weg.«

»Okay«, sagte Harris. Er folgte Dubois. Charity nahm eine Zange aus einer Tasche ihres Druckanzuges und zerrte eine Strebe aus dem Trümmerhaufen.

»Du kennst diese Waffen«, sagte Skudder. Es war keine Frage.

»Ich kenne die Handschrift«, korrigierte sie. »Die Space Force hat mit solchen Schaltungen experimentiert. Automatische Waffen mit Infrarot und Radar als unfehlbare Wachposten, die nicht schlafen, nicht rauchen und sich nicht mit irgendwelchen Zivilisten einlassen.«

»Und wo war das Problem?«

»Mangelndes Unterscheidungsvermögen«, sagte Charity sarkastisch. »Sie konnten nicht unterscheiden zwischen Angreifern, Bedienungspersonal, Katzen, Hunden und vom Wind herangetragenem Abfall. Wenn sie einmal angefangen hatten zu schießen, dann hörten sie nicht wieder auf. Die ersten Modelle haben sogar auf die eigenen Geschosse gezielt. Oder auf Wolken. Oder auf den Mond.«

»Geschosse?« fragte er verwirrt.

»Ich habe nur von Projektilwaffen gehört«, sagte sie. »Sonst wäre ich schon früher dahintergekommen, was es mit diesen Laserkanonen auf sich hat. Ich glaube, wir sind bis jetzt nicht einem einzigen Moroni begegnet. Sogar die Kanone im Hangar war mit Sicherheit selbstgesteuert.« Sie reichte ihm die Strebe, die sie in der Hand hielt. »Sieh es dir an«, sagte sie. »Inventarisierungsnummern. Das hier ist Militäreigentum gewesen.«

»Diese Moroni sind die größten Diebe, die man sich denken kann«, erwiderte Skudder und drehte die Metallstrebe in der Hand, um die eingestanzten Ziffern und Buchstaben besser erkennen zu können.

»Ja, bemerkte sie vielsagend und blickte in die Richtung, in die Dubois und Harris verschwunden waren. »Sehen wir mal nach, was unsere tapferen Zinnsoldaten inzwischen alles gefunden haben.«

Er folgte ihr mit einem Gesichtsausdruck, der wenig Begeisterung und viel Verwirrung verriet. Sie verzichtete auf ihren Helmscheinwerfer. Als sie am Ende der Zugangsröhre angekommen war, wurde ihr bewußt, daß sie sich gegen die Beleuchtung wie eine Zielscheibe abzeichnete, und sie schob sich hastig nach links in die Dunkelheit. Skudder tat es ihr nach.

Die Kommandozentrale war unbeleuchtet, aber es war nicht vollkommen dunkel um sie herum. Irgendein seit sechzig Jahren wartender Servomechanismus hatte registriert, daß alle Personen, die die Zugangsröhre betreten hatten, inzwischen das andere Ende erreicht hatten, und schloß gehorsam die Tür. Charity grinste in ihrem Helm. Maschinenlogik, dachte sie fröhlich. Für die beschränkte Welt der Türkontrolle war alles in Ordnung, auch wenn die äußere Zugangstür in Fetzen lag und die Gangröhre einer Schutthalde glich. Ihre Augen gewöhnten sich an die Dunkelheit. Sie machte zahlreiche Lichtpunkte in Rot, Orange und Gelb aus, die sich vor ihr verteilten, waagerechte und senkrechte Linien bildeten, Ringe und Wolken und Flächen. Hier und da blinkten ein paar Lichter, und andere wechselten die Farbe. Alles geschah in völliger Lautlosigkeit. Nach einer Weile konnte sie die Umrisse von Schaltpulten und Konsolen erahnen.

»Harris«, sagte sie in den offenen Funkkanal. Als keine Antwort kam, faßte sie Skudder an der Schulter und tastete nach ihrem Gewehr.

»Harris?« fragte sie noch einmal. Sie schaltete die Infrarotsicht ein, und die ganze Welt schimmerte in blassem Rot. Zwei weiße, entfernt menschenähnliche Silhouetten standen fünfzig Meter von ihnen entfernt.

»Wir sind hier unten«, kam die Antwort, und Charity entspannte sich.

»Wir kommen«, sagte sie laut. »Wir treffen uns bei der Kommandokontrolle. Dort, wo der helle Ring zu sehen ist.«

»Verstanden«, sagte Dubois. Von der Zugangstür führte eine breite Treppe herab. Charity fragte sich, ob die anderen die Ausmaße der dunklen Halle überhaupt erfassen konnten. Die beiden Soldaten standen bereits an dem zehn Meter messenden Ring, der im Infrarot ein helles, intensives Rot zeigte. Die Konsolen bildeten das Zentrum der Aktivität.

»Laden Sie Ihren Blechkumpel ab«, sagte Charity zu Harris, als sie und Skudder aufgeschlossen hatten. »Hier gibt es mindestens ein Dutzend Interface-Buchsen. Schließen Sie ihn an.« Sie verzog das Gesicht, unsichtbar in der Dunkelheit ihres unbeleuchteten Helms. »Wenn er keine Einwände hat.«

»Kann er nicht«, versetzte Harris, der sich aus den Transportriemen befreite. »Sie wollten doch, daß ich ihn ruhigstelle.«

»Sie haben ihn abgeschaltet?« fragte Charity verblüfft.

»Nur die Sprachausgabe.«

»Also deshalb«, murmelte sie. Sie ließ den Blick über die im Infrarot nur schemenhaft erkennbaren Pultreihen wandern und versuchte, das substanzlose Bild mit ihrer Erinnerung zur Deckung zu bringen. »Wir können Scheinwerfer benutzen«, sagte sie dann und schaltete ihre Helmlampe ein. Der Lichtkegel wanderte über leere Konsolen und abgeschaltete Bildschirme. Sie erinnerte sich an die verwirrende Geschäftigkeit, die vor sechzig Jahren an diesem Ort geherrscht hatte, und irgendein sentimentaler Impuls ließ sie nach dem Pult suchen, an dem sie während ihrer Ausbildung Dienst getan hatte. Nach einer Weile wurde ihr klar, daß sie es so nicht wiederfinden würde. Der Gedanke war enttäuschend und erleichternd zugleich.

»Was heißt *also deshalb*?« schnarrte eine neugierige Stimme in ihre Betrachtungen hinein. Sie sah sich verwirrt um und entdeckte die vorwitzig flackernde Bereitschaftslampe an dem Würfel. Harris hatte den Taktikcomputer auf eine der Arbeitsflächen vor den Pulten abgestellt und war mit der Verkabelung beschäftigt.

»Ihrem Spielzeug scheint die Zwangspause nicht geschadet zu haben«, bemerkte sie spöttisch zu Harris. »Herzlichen Glückwunsch.«

»Danke«, antwortete der Würfel würdevoll. »Sie könnten direkt mit mir sprechen, wissen Sie.«

»Was?« fragte sie verblüfft.

»Eine Frage der Etikette«, verdeutlichte der Computer. »Ich nehme an, Höflichkeit gehört nicht zu Ihren Vorzügen.

Ihre Antwort gab ihm recht. Harris richtete sich unwillkürlich auf und warf ihr einen Blick zu, den sie nicht zu deuten vermochte, und sogar Skudder wirkte leicht schockiert.

»Ich habe den Eindruck, daß Sie etwas Ruhe vertragen könnten«, versetzte der Würfel ungerührt.

Charity holte tief Luft und schloß die Augen. »Harris, sagen Sie Ihrem Spielzeug, er soll sich um sein eigenes Innenleben kümmern, okay?«

»Du hast es gehört«, sagte der Mann und koppelte das Kabel an das Pult. »Ausgabe unterbrechen.«

»Zu Befehl.«

Charity atmete hörbar auf. »Wie weit sind Sie gekommen?«

»Gleich fertig«, antwortete Harris geistesabwesend und sicherte die letzten Kabel. »Die Verbindung steht.« Er zog einen der freischwingenden Sitze zu sich heran und setzte sich neben dem Würfel an eines der Pulte. »Kommunikation«, sagte er dann.

»Status?«

»Nominal«, antwortete der Würfel geschäftsmäßig. »TACCOM 370/98 in Standby, Internet-Verbindung geschlossen.«

»Verbindung hochfahren«, befahl Harris und warf Charity einen Blick zu. »Selbst wenn man uns bis jetzt noch nicht bemerkt hat, damit sind wir fällig.«

Sie dachte an den verwüsteten Zugang. »Machen Sie sich darüber keine Gedanken«, meinte sie seltsam heiter.

»Verbindung hochgefahren«, meldete der Würfel. »Das Netz ist intakt.«

»Was ist mit den Zentralcomputern?«

»Ich habe vier 390/96 und zwei 420/97 vorgefunden«, sagte der Würfel ehrfürchtig. »Die Anlagen sind in passiver Bereitschaft.«

»Kontakt herstellen.«

»Mit welchem Autorisierungs-Code?« fragte der Würfel pikiert.

Harris sah Charity fragend an. Sie zuckte die Achseln.

»Nimm irgendeinen«, sagte Harris.

»Wie bitte?« fragte der Taktikcomputer empört.

Charity beugte sich vor. »Wo liegt das Problem?«

»Wenn wir den falschen Code verwenden, wird wahrscheinlich die Leitung stillgelegt«, erklärte Harris. »Oder 370/98 bekommt elektronische Prügel.«

»Wir haben keinen gültigen Code«, erwiderte sie kurz.

»Probieren Sie aus, ob das System überhaupt eine Reaktion zeigt.«

»Mit welchem Code?« beharrte der Würfel.

»Magermilch«, sagte Charity ungeduldig und ignorierte Harris' erstaunten Blick.

»Wie Sie wünschen«, sagte der Würfel in einem Tonfall, der zeigte, daß er an ihrem Verstand zweifelte. »Magermilch.«

Sie warteten. Die Lampe an der Würfelfront flackerte unregelmäßig.

»Kein Autorisierungscode«, sagte er dann, und diesmal war der Tonfall lupenreine Überraschung.

»Natürlich ist *Magermilch* kein gültiger Code«, versetzte Charity mit beißender Stimme.

»Korrektur«, sagte der Würfel. »Es ist ein gültiger Code.«

»Was?«

»Um genau zu sein, jede Eingabe ist ein gültiger Autorisierungscode.« Der Würfel machte eine Pause, und seine Lampe wurde heller. »Das System ist offen«, platzte er heraus. »Alle Kontrollen sind heruntergefahren.«

»Das kann nicht sein«, sagte Charity und sah sich hilflos nach Skudder um. »Das hat es nie gegeben. Ich wußte gar nicht, daß so etwas überhaupt gehen könnte.«

»Wir leben in ungewöhnlichen Zeiten«, antwortete Skudder – was die Untertreibung des Jahrhunderts darstellte.

»Okay«, sagte Charity. »Das System ist offen. Was ist das, eine Falle?«

»Keine Aussicht«, erwiderte der Würfel selbstsicher. »Ich habe direkten Zugriff.«

»Irgendwelche Reaktionen?«

»Man hat uns erwartet«, kam die zögernde Antwort.

»Das habe ich gemerkt«, sagte Skudder bitter.

Charity warf ihm einen ungeduldigen Blick zu. »Was heißt das?«

»Ich finde klare Anweisungen vor, und meine Kontaktaufnahme hat ein paar Programme aktiviert, die in Bereitschaft gewesen sind.«

»Wie lange?«

»Seit sechzig Jahren«, sagte der Würfel. »Das ist eine Menge Rechenzeit.«

Charity lachte lauf. »Deine Kollegen haben sich gelangweilt, was?« Sie wurde wieder ernst. »Was für Programme?«

»Keine Ahnung«, gestand der Würfel nach ein paar Sekunden.

»Ich denke, du hast direkten Zugriff?«

»Die Programme sind . . . komplex.«

»*Zu* komplex«, vermutete Charity.

»Ja«, sagte der Taktikcomputer kleinlaut. »In ein paar Tagen könnte ich ihnen mehr sagen, was den Zweck . . .«

Urplötzlich leuchteten die Kontrollen und Skalen an den Pulten des Rings in voller Helligkeit, und abgeblendete Beleuchtungsröhren tauchten eng begrenzte Arbeitsflächen in ein neutrales weißes Licht. Überall um sie herum wurden Konsolen hochgefahren, und Schaltwände leuchteten in ihrem eigenen Licht auf.

»Danke«, sagte Charity trocken. »Ich rate lieber.« Weitere Lichter folgten. Die Pultreihen bildeten Kreise um den zentralen Ring herum, insgesamt zwölf hintereinander, wie die Stufen einer gewaltigen Treppe oder die Sitzreihen eines hochtechnisierten, vollautomatischen Amphitheaters. Die Kreise waren in sechs Sektoren unterteilt, und Sektor für Sektor zeigte heftige Aktivität. Bildschirme schimmerten wie weiße, blinde Augen, und ihr Streulicht zeichnete die Konturen der Schaltschränke und Computergehäuse nach. Charity legte unwillkürlich den Kopf in den Nacken und blickte zu den frei über den Pultreihen aufgehängten Kontrollgruppen auf, Scheiben von drei Meter Durchmesser, die über schmale Stege erreichbar waren und den koordinierenden Offizieren den Überblick über die Halle geboten hatten. Jede der Scheiben, die auf kranartigen Auslegern beweglich angebracht war, hatte ihre eigenen frei verschaltbaren Konsolen. Die Anordnung war so flexibel wie möglich ausgelegt worden, um wechselnden Anforderungen zu genügen. Notfalls konnten mehrere dieser Kontrollinseln zu einem Kartenspiel beieinander plaziert werden. Darüber schimmerte die leicht gewölbte Projektionsfläche, die den Himmel über MacDonald wiedergeben konnte, komplett mit radargestützter Zielmarkierung und computerberechneten Flugbahnen.

Die rote Wandbeleuchtung oben bei den Zugängen und Liftschächten schloß einen Ring gedämpfter Helligkeit um die Lichtervielfalt. Die Halle wirkte nun, als hätte jemand einen gewaltigen Christbaum über Boden und Wände verschmiert.

Charity musterte ihre drei Begleiter, die sich mit offenen Mündern umsahen. Vor sechzig Jahren hatten über zweihundert Menschen in dieser Halle gearbeitet, jeder mit genug Computerkapazität in der Hand, um ein Shuttle damit auszurüsten. Charity hatte diesen Raum niemals verlassen gesehen. Jetzt, wo das Licht und die Kontrollen wieder eingeschaltet worden waren, wirkte er noch gespenstischer auf sie.

Motoren wurden angeschaltet, und von der Decke schoben sich große, flache Bildschirme herab, einer davon mit zwei Metern Seitenlänge. Die Bildschirme glitten fast geräuschlos in Positionen, die verrieten, daß irgendein Teil der gewaltigen Maschinerie ihren Standort kannte und bei der Anordnung der Bildschirme berücksichtigt hatte.

»Zuvorkommende Programme«, sagte Charity laut. »Irgendein Kommentar, 370/98?«

»Ich bin beeindruckt«, sagte der Würfel säuerlich. Auf dem Bildschirm flackerte heller Schnee, und dann war schlagartig die räumliche, gestochen scharfe Wiedergabe eines Gesichtes zu erkennen. Charity fühlte, wie sich ihr Magen zusammenzog, und plötzlich war ihre Heiterkeit verschwunden.

Der Mann auf dem Bildschirm trug die Uniform der Space Force, die Rangabzeichen waren die eines Colonels. Er lächelte schief in die Kamera, und dieses Lächeln allein traf Charity wie ein Schlag und ließ ihren Adrenalinpegel in ungekannte Höhen schnellen.

»Willkommen«, sagte der Mann. »Wer immer Sie sein mögen.« Er lächelte wieder, und diesmal war es kein verlegenes Lächeln, sondern ein freudloses, resignierendes Lächeln. »Hier spricht Colonel David Jedediah Laird, zur Zeit kommandierender Offizier der Basis MacDonald. Wir haben seit drei Tagen keinen Kontakt mehr zur Erde und zu Tranquillitatis. Die letzten Berichte handelten von Bombenangriffen auf New York.«

Sie konnte die Stimme genausowenig ertragen wie das unrasierte Gesicht. Ihre Knie gaben nach, und irgendwie gelang es ihr, sich auf einen der Sitze fallen zu lassen.

»Die Invasion ist nicht aufzuhalten«, fuhr der Mann fort. »Der größte Teil des militärischen Personals ist bereits vor einer Woche abgezogen worden. Inzwischen haben wir auch den Kontakt zu diesem Kontingent verloren. Zur Zeit befinden sich noch vierundachtzig Menschen auf dem Gelände. Ich habe mich entschieden, die Basis MacDonald aufzugeben. Wir werden uns mit drei Lasttransportern auf den Weg zur Erde machen und versuchen, uns einer kämpfenden Einheit anzuschließen.« Er machte eine Pause. »Ich habe die Computer der Basis instruiert, in den nächsten zwei Jahren keinen Zugriff auf Programme und Datenbestände zuzulassen. Für diesen Zeitraum wird es keinen, ich wiederhole, keinen gültigen Autorisierungscode geben. Da nicht anzunehmen ist, daß die Invasoren während dieser Zeit oder später Zugang zu gültigen Autorisierungscodes haben werden, und da ich nicht sicher sein kann, daß wir noch in der Lage sein werden, einen von uns gewählten Code an irgendeine Dienststelle zu übermitteln, wird nach den genannten zwei Jahren jegliche Zugangskontrolle abgeschaltet.« Der Blick des Offiziers irrte nach unten, wo vermutlich seine Notizen lagen, und richtete sich dann wieder auf die Kamera. »Falls die Invasoren die Basis bis dahin noch nicht eingenommen haben sollten und falls es dann noch irgend jemandem möglich sein sollte, auf den Mond zu gelangen, steht ihm der Zugang über Funk wie über Datennetz offen.«

Charity gab einen erstickten Laut von sich, und Charity erkannte, daß sie unwillkürlich die Fäuste geballt hatte.

»Unmittelbar nach der Kontaktaufnahme werden sämtliche Sicherungsmaßnahmen offengelegt, die wir getroffen haben, um den Invasoren den Zugang zur Basis zu erschweren«, fuhr der Offizier fort. »Die meisten dieser Sicherungssysteme sind nicht zentral kontrolliert und lassen sich daher auch nicht abschalten. Diese Systeme bleiben daher unversehrt, selbst wenn der Feind die Zentralcomputer durch eine Bombe lahmlegen sollte. Die gesicherten Abschnitte der Basis sind lebensgefährlich und sollten bis zur Beseitigung der Sicherungssysteme unbedingt gemieden werden. Die äquatorialen Umlaufbahnen sind ebenfalls zu meiden, bis die magnetische Katapultanlage stillgelegt werden kann.«

»Das glaube ich nicht«, sagte Skudder. »Das kann nicht wahr sein.«

»Es ist wahr«, sagte Charity deprimiert. »Ich sagte doch, ich kenne die Handschrift.«

»Dies ist die letzte Aufzeichnung«, ergänzte der Mann auf dem Bildschirm. »Unmittelbar nach ihrem Ende werden alle Zugänge, elektronischer und direkter Art, blockiert und gesichert. Die Computerprogramme sind für eine lange Laufzeit ausgelegt, obwohl ich davon ausgehe, daß der Krieg nicht mehr lange dauern wird. Falls unser unbekannter Feind die Hand auch nach dem Mond ausstrecken sollte, wird er feststellen, daß wir ihm einige Überraschungen hinterlassen haben.« Er sah noch einmal auf und zeigte noch einmal dieses unbeholfene Lächeln, das sie so gut kannte. »Ende der Aufzeichnung.«

Keiner von ihnen sagte ein Wort. Das Bild verschwand vom Monitor, und nach ein paar Sekunden begann die Wiedergabe von vorn.

»Willkommen. Wer immer Sie . . .«

Charity nahm den Helm ab. Es war ihr herzlich gleichgültig, ob irgendein verrücktgewordener Servo in genau diesem Moment damit beschäftigt war, Nervengas in die Ventilationsanlage einzuleiten. »Schalten Sie das ab«, sagte Charity, und ihre Stimme, die durch den großen Raum hallte, klang sogar in ihren eigenen Ohren ungewöhnlich heftig. Bevor Harris etwas sagen konnte, flackerten die Pultkontrollen, an denen der Würfel angeschlossen war, und das Bild blieb mitten im Satz stehen.

»Danke«, sagte sie heiser und sah auf. Skudder hatte es ihr nachgetan und den Helm abgenommen, und auch die anderen beiden öffneten ihre Helmvisiere. Sie bemerkte, daß die anderen sie anstarrten.

»Was ist?« schnappte sie.

Harris öffnete den Mund und schloß ihn wieder. Es war Skudder, der schließlich die Frage stellte. »Laird?« sagte er nur.

Sie schloß die Augen und atmete tief ein. Irgendwie hatte sie diesen Augenblick gefürchtet. Es war, als seien sechzig Jahre Krieg und Verwüstung plötzlich bedeutungslos geworden.

»Ja«, sagte sie schließlich. »David.« Ihre Augen richteten sich auf das stillstehende Bild hinter Skudder, dann wieder auf ihn. »*Mein* Ex-Mann, der Teufel soll ihn holen.« Ihre Stimme entglitt ihr.

»He«, sagte Skudder besorgt, »alles in Ordnung?«

»Nichts ist in Ordnung«, sagte sie, wütend auf sich

selbst, auf ihn und auf den Mann, der vermutlich seit sechzig Jahren tot war. Sie starrte sein Bild an, und die Wut ließ ihren Blick unscharf werden und ihre Schultern zittern. »Typisch für dich«, sagte sie zu dem Bild eines toten Mannes und empfand nichts als Zorn. »Du hast es verpfuscht. Nicht ein einziges Mal in deinem ganzen verdammten Leben hast du etwas so gemacht, wie es sein sollte. Verdammt noch mal . . .«

Skudder war plötzlich neben ihr und hielt ihre Schultern mit beiden Händen fest. Sie zitterte noch immer. Die Erinnerungen waren übermächtig. Ihr Blick fiel auf Harris, der sie verwirrt anstarrte. »Achten Sie auf Ihren Computer, Soldat«, sagte sie eisig, aber ihre Stimme schwankte mehr, als ihr lieb war. Harris wandte den Blick ab, ungewöhnlich taktvoll.

»Unsere eigenen Leute«, sagte Skudder nach einer Weile ernüchtert.

»Sechs Tote«, sagte Charity. »So sinnlos, so verdammt sinnlos.«

»Ich kann es immer noch nicht glauben.« Skudder schüttelte den Kopf. Es tat ihr gut, seine Stimme zu hören, direkt und ohne die Verzerrungen des Funkkanals. »Die Laserkanonen, diese verflixte Putzmaschine – das ist vollkommen idiotisch.«

»Der Schuß, der uns heruntergeholt hat«, fügte sie hinzu.

»Er hätte uns allen mit dem Katapultgeschoß das Genick brechen können, in einem Krieg, den wir vor sechzig Jahren verloren haben.«

»Was hat er sich davon erhofft?« fragte Dubois tonlos. Sie stand ein paar Meter entfernt, die Waffe noch immer in der Hand.

»Begreifen Sie den Unterschied zwischen *gut gemacht* und *gut gemeint*?« fragte Charity, und die Bitterkeit ließ ihre Stimme fremd klingen.

»Ja?« fragte Dubois und starrte sie mit offenkundiger

Verwirrung an. Nach einem Moment hatte sie verstanden, und ihr Gesicht zeigte Betroffenheit.

Charity wies mit einer Kopfbewegung auf das Bild über dem Ring. »Er hat es nie begriffen«, sagte sie und stand auf. »Belassen wir es dabei, ja?«

»Einverstanden«, sagte Skudder ruhig. Sie sah ihn scharf an. Er erwiderte den Blick mit einem angedeuteten Lächeln, und nach einem Moment lächelte sie auch.

»Versuchen wir, eine Funkverbindung nach Köln zu bekommen«, sagte sie. »Und einen Überblick über das Basisgelände.« Charity trat um die Konsolen herum in den Ring hinein und blieb hinter Harris stehen. »Sind diese Programme abgelaufen, oder erwartet uns noch irgendeine Überraschung?«

»Die Programme sind im Wartezustand«, meldete der Würfel an Harris' Stelle.

»Ich möchte direkten Zugang auf den Konsolen«, sagte Charity ruhig. »Leg die Kontrolle auf diesen Ring, 370/98.«

»Wie Sie wünschen«, sagte der Würfel leicht beleidigt. »Ich darf darauf hinweisen, daß meine Unterstützung bei der Kommunikation . . .«

»Tu es einfach«, unterbrach ihn Charity.

»Wie Sie wünschen«, wiederholte der Würfel nach einem Moment. Die Pulte leuchteten auf. Sie setzte sich und betätigte versuchsweise eine Tastatur. Die Reaktionen kamen prompt.

»Ich komme auf deine Unterstützung zurück«, sagte sie. »Stell die Funkverbindung nach Köln her. Die Lagrange-Relais sind noch intakt, soweit wir wissen.«

»Das ist korrekt«, antwortete der Würfel förmlich. »Es wird trotzdem etwas Zeit in Anspruch nehmen.

»Das ist in Ordnung«, sagte Charity geistesabwesend und konzentrierte sich auf die Eingabe. Hinter ihr verschwand das Bild ihres glücklosen Ex-Ehemanns und wurde durch eine Zustandsübersicht ersetzt.

»Nehmen Sie die andere Konsole, Harris«, sagte sie nach einer Weile. »Sehen Sie die Aufzeichnungen durch, ob die Moroni jemals hiergewesen sind oder irgendwo in der Nähe.

»Irgendwo müssen sie sein«, warf Skudder ein und beugte sich interessiert von der anderen Seite über die Konsolen. »Sie waren schließlich da draußen, nicht weit hinter uns.«

»Drei Stunden«, erinnerte sie ihn. »In dieser Zeit hätten sie notfalls sogar direkt von der Erde kommen können, wenn ihre richtigen Raumschiffe nur halb so gut sind wie meine alte CONQUEROR.«

»Wir haben drei Tage gebraucht«, sagte Harris neben ihr.

»Nicht jeder da draußen ist ein Fußgänger«, versetzte Charity mißmutig. »Gewöhnen Sie sich besser an den Gedanken.« Sie schickte noch ein paar Anforderungen in das System. »Dabei fällt mir ein, lassen Sie sich den Status der Startbahn und der Katapultanlage geben.«

Harris setzte zu einer Frage an, warf einen Blick auf ihr Gesicht und verstummte. Charity gestattete sich ein verhaltenes Grinsen, bevor sie weitermachte.

»Keine Anzeichen von Moroni-Aktivität auf dem Basisgelände«, meldete sich der Würfel unaufgefordert. Sie seufzte leise.

»Angeber«, sagte sie mit gelindem Spott. »In den gesamten sechzig Jahren?«

»Korrekt«, antwortete 370/98. »Es hat ein paar nicht identifizierte Radarkontakte im Süden und Südosten gegeben, und seismologische Registrierungen, aber keine Moroni-Identifizierung.«

»Wieso seismologisch?« fragte Skudder verwirrt.

»Erschütterungen im Tagebau-Gebiet«, vermutete Charity. »Was immer das heißt. Vielleicht sind auch die Bagger mit in diesen Spuk einbezogen worden. Überprüfung, 370.«

»370/98«, sagte der Würfel. »Soviel Zeit muß sein.«

»Entschuldigung«, murmelte sie.

»Was ist mit Moroni-Aktivität im Bereich der Gruben?« fragte sie dann.

»Keine Daten aus Grube II und III«, sagte Harris, der seine eigene Abfrage parallel laufen ließ. Charity dachte flüchtig, daß es sinnvoll war, Harris' Angaben und die des Würfels wechselseitig überprüfen zu lassen. Vorausgesetzt, daß sie nicht dieselben Motive hatten, etwas zu verschweigen oder zu erfinden. In letzter Zeit war das Leben ungeheuer kompliziert geworden.

»Was heißt das, keine Daten?«

»Entweder ist nichts passiert«, mutmaßte Harris, »oder es konnte nicht beobachtet werden. In Grube I gibt es nur die normalen Registrierungen. Keine besonderen Vorkommnisse.«

»Versuchen Sie, ein paar Videobilder aus II und III zu bekommen«, empfahl Charity nach kurzer Überlegung. »Wo war der Ursprung der registrierten Erschütterungen?«

»Südost«, antwortete der Würfel.

»Fangen Sie mit Grube III an«, sagte sie.

Harris blickte auf. »Die liegt im Süden«, sagte er.

»Sie ist übersichtlicher«, antwortete Charity. »Üben Sie. Mit Grube II können Sie sich den ganzen Tag beschäftigen, und Sie würden es nicht einmal merken, wenn dort jemand ein paar Footballfelder klaut.« Er machte sich wortlos an die Arbeit. Auf den Bildschirmen wechselten rasch undeutliche Kamerabilder von Maschinenhallen, freitragenden Transportbändern, Kontrolltürmen und riesigen Baggern, die regungslos zwischen terrassenförmigen Abbaustufen standen. Das Sonnenlicht tauchte das Gelände von Grube III in eine erbarmungslose gleißende Helligkeit, die die Sichtfilter der Kameras nur teilweise mildern konnten. Metall warf scharfe Lichtreflexe und Spiegelungen auf den dunklen Boden, aber nirgendwo zeigten sich die charakteristischen Spuren von Moroni-Bauten oder Moroni-Maschinen.

»Das Gelände scheint sauber zu sein«, sagte Harris nach zehn Minuten.

»Was ist mit den Startanlagen?«

»Die Abfrage läuft noch«, sagte Harris. »Lassen Sie mir ein wenig Luft, okay?«

»Was immer Sie brauchen«, antwortete Charity. Ihre eigenen Abfragen lieferten regelmäßig Fehlanzeigen. Sie fragte sich, ob Harris oder der Würfel herauszubekommen versuchten, was sie tat. Ihre Fähigkeiten als Operator waren etwas eingerostet, aber soweit es Harris betraf, glaubte sie einen sicheren Überblick über *seine* Aktivitäten im Computernetz zu haben. Was den Würfel anging, war sie sich da weitaus weniger sicher.

»Ich fange jetzt mit Grube II an«, meldete Harris neben ihr. Sie brummte zustimmend und nahm den nächsten Fehlschlag zur Kenntnis. Dann hörte sie, wie Skudder einen erstaunten Pfiff ausstieß, und runzelte die Stirn.

»Himmel«, sagte Harris verblüfft. »Sehen Sie sich *das* an.«

Sie hob den Kopf und folgte seiner ausgestreckten Hand zu den von der Decke herabhängenden Bildschirmen, die ein Dutzend verschiedene Übersichtsbilder des südöstlichen Tagebaugebietes zeigten. Im harten Licht der Sonne erstreckte sich die riesige Grube II, das mit Abstand größte der vier Abbaugebiete. Einige der Aushebungen reichten drei bis vier Kilometer in den Mondboden hinein, und die Bahnen, die die Schaufelbagger dabei terrassenartig angelegt hatten, boten genug Platz für mehrere Shuttle-Landebahnen nebeneinander. Abraumhalden zogen sich zum Horizont, die Nischen für die Transportbänder tief in ihre hochgeworfenen Flanken gebohrt. Felswände standen schroff im Westen, dort, wo das Deckgestein nicht beseitigt worden war und wo der Erzabbau in gewaltigen Höhlen fortgesetzt worden war, geschaffen mit atomaren Sprengsätzen, die das Metall in einer radioaktiven Schmelze am Boden kilometerhoher Kavernen angesammelt hatten. Platz genug für die Millionen Tonnen Material und Maschinen, die dort in zehn Jahren verbaut worden waren.

Nur, es war nichts von alldem zu sehen. Es gab keine Transportbänder, keine Beleuchtung, keine Bohranlagen, keine Magazine, Hallen, Hangars, keine Landebahnen, keine Shuttle-Startanlagen, keine Bunker, kein Kraftwerk, kein einziges Gebilde von Menschenhand. Nichts außer Fels, Sand und Staub erstreckte sich vor ihnen, soweit das Auge reichte.

»Scheiße im Schuhkarton«, sagte Charity entgeistert. »Wo ist das ganze Zeug hingekommen?«

Die Kameras schwenkten langsam, und andere Teile des Areals wurden sichtbar. Nirgendwo war eine Spur von blankem Metall zu entdecken. Skudder schüttelte den Kopf. »Das übersteigt mein Vorstellungsvermögen«, sagte er. »Was wollen die Moroni mit dem ganzen Zeug?« Er kratzte sich an der Wange, die nach fast anderthalb Tagen Druckanzug Rasiermesser und Seife hätte vertragen können. »Die haben nicht eine einzige Schraube übriggelassen.«

»Sogar Diebe haben ihren Stolz«, versetzte Charity. Sie sah auf das viele hundert Quadratkilometer große Grubengelände, ohne wirklich zu begreifen. Sie konnte sich ebensowenig wie Skudder vorstellen, wie man mehrere Dutzend Großraumbagger und ihre mobilen Maschinenhallen verschwinden lassen konnte, ganz zu schweigen von zweihundert Kilometer langen Transportbändern, die pro Sekunde Hunderte von Tonnen verlagern konnten. »Ohne Transmitter haben die das unmöglich schaffen können«, dachte sie laut. »Aber wenn man Transmitter hat, wozu braucht man dann Transportbänder oder Bagger?«

Niemand hatte eine Antwort darauf. Sie betrachteten

stumm das leergeräumte Gelände. Die schweren Räumbagger hatten tiefe Kettenspuren im harten Boden hinterlassen.

»Kein Wunder, daß sie MacDonald nicht besucht haben«, sagte Charity nach einer Weile ehrfürchtig. »Sie waren einfach zu beschäftigt.«

»Deshalb auch die registrierten Erschütterungen«, kommentierte Harris. »Sie müssen eine Menge Lärm gemacht haben, als sie das ganze Material verlegt haben.«

Die Bilder wanderten weiter.

»Ich habe eine Übertragungsstrecke nach Köln«, meldete sich der Würfel. »In drei Minuten.«

Keiner von ihnen reagierte darauf. Die Bildschirme zeigten Teilansichten der ausgeräumten Bergwerksanlage, unterteilt wie das Mosaikbild eines Moroni-Insektenauges.

»Nummer Drei«, sagte Skudder plötzlich. Harris schlug mit dem Finger auf eine Taste, und eines der Bilder blieb stehen. Die gewaltige, schattenlose Ebene breitete sich vor ihnen aus, endete in den nahezu senkrechten Wänden eines anderthalb Kilometer hohen Steinbruchs, dessen Kliffs halb im Dunkeln lagen, im toten Winkel des Sonnenlichts. Dennoch konnte Charity die Umrisse eines gewaltigen Rings aus weißem Metall ausmachen, der wie ein abstraktes Kunstwerk in die Felswand eingepaßt worden war.

»Da haben wir es«, sagte sie tonlos. »Ein hübsches kleines Schlupfloch.«

»Er sieht anders aus, als ich erwartet habe«, sagte Harris vorsichtig.

»Das macht nichts«, erwiderte Charity. »Das Ding sieht aus wie der Ring in dem Schiffswrack. Der, mit dem alles angefangen hat.« Sie ließ den Sitz nach hinten schwingen. »Er ist nicht eingeschaltet, das ist alles.«

»Die Black-Hole-Bombe wird ihn genauso erwischt haben wie alle anderen«, sagte Skudder.

»Er sieht ziemlich unversehrt aus«, entgegnete Charity.

Er kniff die Augen zusammen. »Auf diesem Bild kann ich überhaupt nicht viel erkennen«, beschwerte er sich.

»Die Moroni hätten keine drei Stunden bis zum Wrack benötigt, wenn sie von dort gekommen wären«, gab Harris zu bedenken.

»Ich vermute, daß wir dort keine Moroni finden werden«, bestätigte Charity müde. »Da draußen ist nichts. Wir müssen von vorne anfangen.« Sie sah sich nach dem Würfel um. »Gib mir die Leitung nach Köln, 370/98.«

Die Bildschirme flackerten kurz und zeigten dann ein nichtssagendes *Ameisen*gesicht.

»Captain Laird«, verkündete der Jared. »Wir sind erfreut, Sie wohlbehalten zu sehen.«

»Ich weiß, wer ich bin«, schnappte sie. »Wer bist du?« Was eine unsinnige Frage war, denn in gewisser Weise waren sie alle ein und dasselbe Wesen.

Drei Sekunden waren eine lange Zeit, dreihunderttausend Kilometer waren selbst für Radiowellen eine weite Strecke, und der Umweg über die Relais-Satelliten machte es noch schlimmer. Sie hatte fast vergessen, wie diese verzögerten Gespräche aussahen. Ein Streit ließ sich unter diesen Bedingungen einfach nicht austragen. Man hatte zuviel Zeit, etwas zu sagen, das man später bereute, bis es am Ende nichts mehr zu sagen gab. Sie wußte es aus eigener Erfahrung.

Das Insektengesicht geriet in Bewegung. »Diese Einheit trägt keinen Namen.«

»Na schön«, sagte sie. »Ich will jemanden sprechen, den ich kenne. Jemanden mit einem Namen. Geben Sie mir Kias oder Gurk oder meinetwegen auch Stone.«

Die nächste Pause. Sie tippte mechanisch mit den Fingerspitzen auf die Plastikfläche vor ihrem Pult, einen lange vergessenen Schlagzeug-Rhythmus.

Die namenlose *Ameise* verschwand ohne weiteren Kommentar vom Bildschirm. Eine andere *Ameise* erschien.

»Kias?« fragte sie, und ihre Frage überschnitt sich mit der Begrüßung.

»Ich freue mich, Sie wohlbehalten zu sehen, Captain Laird. Tatsächlich hatten wir fast nicht mehr damit . . . ja, natürlich. Sie wollten mich sprechen?« Charity verzichtete auf einen Kommentar. »Ich weiß nicht, wie lange die Moroni diese Leitung unbehelligt lassen. Oder uns, was das betrifft.« Sie lächelte grimmig. »Um es kurz zu machen, wir haben sechs Ausfälle gehabt. Und wir haben das Schiff verloren.«

Sie beobachtete aufmerksam den Bildschirm, während sie weiter berichtete, aber Kias zeigte keine erkennbare Reaktion. Falls er etwas über die Eier an Bord der HOME RUN gewußt hatte, konnte er es gut hinter seiner Chitinmaske verbergen.

»Wir haben Probleme mit Sicherungsanlagen gehabt, die von der menschlichen Besatzung hinterlassen worden sind. Skudder, Harris, Dubois und ich haben es bis in die Zentrale geschafft. Die Bombe und der Computer sind intakt, was man von uns nicht behaupten kann.« Sie rieb sich gedankenverloren über die Prellungen an ihrer Hüfte.

»Haben Sie die Moroni entdeckt?« fragte Kias nach einer Weile.

»Sagen wir, sie haben uns entdeckt.« Sie versuchte es noch einmal. »Um genau zu sein, sie haben das Wrack der HOME RUN in Besitz genommen, keine drei Stunden, nachdem wir uns abgesetzt hatten. Ich weiß nicht, ob sie noch etwas gefunden haben, was sie gebrauchen konnten, aber sie waren bestimmt sehr neugierig.«

Diesmal glaubte sie eine schwache Reaktion zu erkennen, aber sie konnte sie nicht richtig einordnen.

»Das ist bedauerlich«, sagte Kias ungerührt. »Andererseits haben Sie so wenigstens feststellen können, wo sich unsere Feinde aufhalten.«

»Bedaure«, sagte Charity. »Wir haben keinen Anhaltspunkt, woher diese Moroni-Gleiter gekommen sind. Ich weiß nicht einmal, ob sie noch an der Aufschlagsstelle sind, geschweige denn, was sie unternommen haben, nachdem wir entkommen sind. Das Wrack liegt nicht im Bereich der Kameraüberwachung der Basis.«

»Wissen die Moroni, wo Sie sind?«

»Sie könnten den Spuren folgen«, antwortete Charity. »Da sie es bisher nicht getan haben, nehme ich an, daß sie uns übersehen haben.« Sie zuckte mit den Schultern. »Vielleicht haben sie kein Interesse an uns.«

»Oder sie haben nicht die Kapazität, diesem Interesse nachzugehen«, erwiderte Kias, was eine seltsame Bemerkung war.

»Was ist mit der Botschaft?« fragte Charity. »Hat Stone inzwischen etwas mehr aus dieser Botschaft herausbekommen können?«

»Governor Stone ist leider nicht erreichbar«, teilte Kias mit. »Die Dechiffrierung der Botschaft hat keine nennenswerten Fortschritte gemacht. Die Störungen auf dem Übertragungsweg waren zu groß.«

»Was heißt das, nicht erreichbar?« fragte Charity.

»Governor Stone hatte ein paar Anpassungsschwierigkeiten«, antwortete der Jared höflich.

»Wie ungewöhnlich für ihn«, spottete Charity. »Hat er denn wenigstens herausbekommen können, woher die Nachricht stammt?«

»In gewissem Sinne«, sagte Kias zögernd. »Die Untersuchung der Aufzeichnungen hat ergeben, daß jemand einen gewöhnlichen Moroni-Handsender verwendet hat, um mit der Notfrequenz Funkzeichen zu erzeugen.«

»Einen Handsender?« fragte Charity ungläubig. »Das ist völlig unmöglich.«

»Das Profil ist charakteristisch«, kam die verzögerte Antwort. »Diese Funkgeräte entwickeln viel Leistung auf der Notfrequenz, aber sie erzeugen nur einen Dauerton, um Peilungen zu erleichtern. Der Sender wurde regelmäßig ein- und ausgeschaltet, um die Funkzeichen zu setzen. Die gesamte Botschaft dauerte zwanzig Minuten oder wurde entsprechend oft wiederholt, aber wir haben nur eine Folge über etwa eine Minute intakt erhalten. Falls der Unbekannte versucht haben sollte, seine Nachricht auch über Sprechfunk abzusetzen, dann ist die Übertragung mit Sicherheit in den atmosphärischen Störungen verlorengegangen, weil die Leistung des Gerätes nicht ausreichte.«

»Das glaube ich sofort«, sagte Charity. »Kias, diese Geräte haben eine Reichweite von zweihundert Kilometern, und in der Botschaft ist von der Rückseite des Mondes die Rede. Keine Relaisstrecke der Welt kann ein Funksignal aus einem Moroni-Handgerät von hier bis zum Nordpol übertragen. Habt ihr uns vielleicht in die falsche Richtung geschickt?«

»Die Botschaft wurde korrekt dechiffriert«, verteidigte sich Kias. »Die einzelnen Worte werden von verstümmelten Abschnitten getrennt, aber die Botschaft erwähnt definitiv *Mond, dunkel,* irgend etwas mit . . . *Seite* und später wieder *Rückseite, Tiefe,* und darüber hinaus die zwei zusammenhängenden Sätze, die Ihnen bekannt sind. Es handelt sich eindeutig um eine Warnung, die die Moroni betrifft und an Sie gerichtet ist, Captain Laird.«

»Ich weiß«, sagte sie wütend. »Ich habe mir das oft genug vorhalten lassen müssen, sonst wäre ich nicht hier.« Sie fixierte die *Ameise.* »*Woher* kamen die Funksignale?«

Diesmal dauerte die Pause deutlich länger als drei Sekunden.

»Vom Nordpol«, sagte Kias schließlich. »Unsere Nachforschungen beweisen eindeutig, daß die Funksignale aus dem zerstörten Transmitter stammen.«

»Aus dem Loch?« Charity massierte sich nervös den Nacken. »Das glaube ich einfach nicht. Was sagt Gurk dazu?«

»Er sagt, mit einem intakten Transmitter an irgendeinem anderen Ort im Netz könnte es funktionieren.«

»Ich dachte, die Black-Hole-Bombe hätte alle Transmitter in diesem Teil des Netzes ausgebrannt und uns abgeschnitten?«

»Sie vereinfachen«, sagte Kias.

»Natürlich«, murmelte sie dazwischen.

»Das Netz ist nicht einfach über dem normalen Raum ausgebreitet«, fuhr Kias fort. »Es ist vielfach umgestülpt und gefaltet. Transmitter in unmittelbarer räumlicher Nähe zueinander sind im Netz möglicherweise weit voneinander entfernt, und andere, die Tausende von Lichtjahren auseinanderliegen, sind im Netz kaum voneinander zu trennen. Und die Schockwelle der Explosion breitete sich in diesem Gebilde nach eigenen Regeln aus. Der größte Teil des Netzes ist bis jetzt noch gar nicht davon erfaßt worden.«

»Na großartig«, sagte Charity. »Was ist mit dem Loch am Pol?«

Kias zögerte kaum merklich. »Es hat einen stabilen Zustand erreicht.«

»Wann?«

»Der augenblickliche Durchmesser ist vor vierzehn Stunden erreicht worden.«

Sie warf Skudder einen vielsagenden Blick zu. »Na los, Kias«, sagte sie. »Wie *ist* der augenblickliche Durchmesser?«

»Zwanzig Kilometer.« Die *Ameise* wartete ihre Reaktion ab, sprach dann weiter, als sie stumm blieb. »Der Durchmesser hat sich gegenüber vorher fast verdoppelt.«

Charity hatte das undeutliche Gefühl, daß Kias ihr das wahre Ausmaß der Katastrophe verheimlichte, aber was sie gehört hatte, genügte ihr für den Augenblick. Als sie gestartet waren, hatte das Loch einen Durchmesser von ein paar Kilometern gehabt, und die Beben der verformten Erdkruste hatten sie noch in Köln aus dem Schlaf gerissen. Das Universum war aus den Fugen geraten, und anderthalb Lichtsekunden entfernt war nichts davon zu spüren, dachte sie beklommen, und dann hatte sie eine Idee.

»Zu welchen Zeitpunkten sind die seismologischen Aufzeichnungen angefertigt worden?« fragte sie Harris.

»In der Zone um Grube II?« Er blickte zum Würfel hinüber.

»Die ersten Erschütterungen wurde vor drei Monaten registriert«, teilte der Computer nach ein paar Sekunden Wartezeit mit. »Zu diesem Zeitpunkt werden auch deutlich mehr Radarkontakte als früher verzeichnet, mehr als während der gesamten Zeit seit der Invasion.«

»Das war, bevor die Schwarze Festung angegriffen wurde«, sagte Skudder nachdenklich.

»Und wann sind die letzten Daten aufgenommen worden?« fragte Charity.

»Vor anderthalb Wochen«, antwortete der Würfel prompt. »Zu Beginn blieb die Häufigkeit der registrierten Erschütterungen konstant. Es gab eine Unterbrechung von mehreren Tagen genau zu der Zeit, als die Black-Hole-Bombe gezündet wurde. Danach folgen drei Wochen zunehmender Bodenaktivität.«

»Drei Wochen.« Charity sah zu dem Bildschirm hinauf, zu der Jared-*Ameise*, die geduldig wartete. »Wir haben die Moroni nicht aufspüren können«, erklärte sie, »aber wir haben gewissermaßen ihre Fingerabdrücke entdeckt. Sie haben Material aus den Tagebaugebieten fortgeschafft, und es sieht so aus, als hätten sie dazu einen Transmitter verwendet.«

»Bis vor anderthalb Wochen?« vergewisserte sich Kias.

Charity lachte grimmig. »Das ist der springende Punkt, was? Hier oben gab es einen funktionierenden Transmitter, während die Black-Hole-Bombe alle anderen Zugänge zum Transmitternetz zerstört hat, und er war danach noch in Betrieb.«

»Die Botschaft hätte in dieser Zeit gesendet werden können«, sagte Kias.

»Die Asche ist noch nicht kalt«, kommentierte Skudder spöttisch.

Charity nickte humorlos. »Ich möchte mit Gurk sprechen«, sagte sie. »Er kennt das Transmitternetz ja angeblich wie seine eigene Hosentasche. Vielleicht hat er eine Idee.«

»Ich werde sehen, was sich machen läßt«, sagte Kias. »Es kann einige Zeit in Anspruch nehmen.«

»Wir laufen nicht weg«, sagte Charity. »Irgend etwas Neues über Kyle und die anderen?«

»Captain Laird, die genannten Personen sind seit vier Wochen verschollen.« Kias wirkte ernstlich erstaunt. »Sie waren am Pol. Wie kommen Sie auf den Gedanken, daß diese Personen überlebt haben könnten?«

»Nun, man gibt die Hoffnung nicht auf«, murmelte sie. »Ich schlage vor, wir unterbrechen den Kontakt.«

Kias verschwand drei Sekunden später vom Bildschirm, wortlos in der spartanischen Höflichkeit, die die Jared mit den Moroni gemeinsam hatten.

»Das gibt uns Stoff zum Nachdenken, was?« Skudder starrte noch immer auf den weißen Bildschirm.

»Zumindest haben wir den weiten Weg nicht umsonst gemacht«, warf Dubois ein. Der Gedanke schien sie tatsächlich zu freuen, erkannte Charity.

»Und vielleicht müssen wir den Rückweg nicht zu Fuß machen«, bemerkte Harris.

»Ich werde freiwillig keinen Transmitter mehr betreten«, versetzte Charity knapp. Dann fiel ihr Blick auf den Bildschirm vor Harris, und sie stieß einen anhaltenden Pfiff aus.

»Deshalb die Abfrage über die Startanlagen«, sagte Harris anerkennend. »Drei Startbuchten am kleinen Katapult sind leer, aber in der vierten Startbucht liegt ein Lasttransporter.«

Die Kamera zeigte einen kapselförmigen Schwerlast-Transporter mit den Hoheitszeichen der Space Force in einer zylinderförmigen Startbucht. Der Name war nicht zu entziffern, aber das Transportschiff entstammte derselben Baureihe wie die HOME RUN; bevor sie den Moroni in die Zangen gefallen war. Die gewaltigen Kranausleger an der Decke der Halle waren dazu gedacht, den Transporter auf die Katapultstrecke zu versetzen, deren Abschußröhre unmittelbar vor der Bucht begann.

»Typisch«, sagte Charity halblaut. »Irgendwas hat er immer herumliegen lassen, mein Ex-Mann.«

»Nun, diesmal war es nicht sein Fehler«, entgegnete Harris und tippt mit dem Finger auf das Status-Protokoll auf dem anderen Monitor. »Der Computer sagt, daß die Triebwerke hinüber sind. Das Ding kommt bis in die Umlaufbahn und noch ein Stück darüber hinaus, aber ohne Hilfe kommt es nie wieder herunter.«

Charity zuckte die Achseln. »Nun, es wäre wohl zuviel verlangt gewesen.«

»Glück ist wie Seife«, sagte Harris. »Wenn man es aufgebraucht hat, dann findet man nur noch Dreck.«

Die Bemerkung erinnerte Charity an das Bad, von dem sie geträumt hatte. Sie registrierte seinen vielsagenden Blick.

»Halten Sie lieber den Mund«, sagte sie nur. »Seit wir diese verfluchte Botschaft empfangen haben, habe ich für Rätsel nichts mehr übrig.«

»Nun, wir sind auf der dunklen Seite des Mondes«, sagte Skudder. »Ich wüßte nicht, was wir mit den paar Wortfetzen noch mehr anfangen sollten.«

Charity beugte sich vor und schaltete die Bildschirme wieder auf Harris' Pult um. Die Kameras zeigten das Tagebaugebiet, friedlich und völlig leer im gleißenden Sonnenlicht.

»Sieh genau hin«, sagte sie zu Skudder.

Er tat es. »Und?« sagte er nach einer Weile.

»Blödsinn«, sagte sie. »Dieses ganze Gerede über die dunkle Seite des Mondes ist schlicht und ergreifend Blödsinn.«

»Was ist daran Blödsinn?« wollte Harris wissen.

»Verdammt noch mal, macht die Augen auf und seht hin.« Sie kam auf die Füße, eine zu schwungvolle Bewegung, die in der niedrigen Schwerkraft leicht lächerlich wirkte, und stieß mit ausgestrecktem Zeigefinger in Richtung auf die Bildschirme. »Das da draußen ist Sonnenlicht. Der Mond hat keine dunkle Seite. Ich meine keine Seite, die immer dunkel ist. Von der Erde aus bekommt man die Rückseite nie zu Gesicht, aber sie hat trotzdem Tag und Nacht, genau die der Erde zugewandte Seite. Wir waren draußen, als der Sonnenaufgang kam. Es gibt einfach keinen Unterschied.«

Harris' Gesichtsausdruck wäre eine Eintrittskarte wert gewesen.

»Vielleicht suchen wir in der falschen Richtung«, warf Skudder ein.

»Wie meinst du das?«

»Nun, jedes Ding hat zwei Seiten.«

»Eine Kugel nicht. Verdammt, spiel keine Rätselspiele mit mir«, sagte Charity gereizt.

»Sogar eine Kugel«, erwiderte der Indianer grinsend. »Denk doch mal an die Gruben. Wenn es schon kein hinten und vorn gibt, dann auf jeden Fall oben und unten oder besser außen und . . .«

»Innen«, vollendete Charity ironisch. Dann erinnerte sie sich an die paar Worte, die sie entziffert hatten. »Natürlich«, sagte sie entgeistert. »Ich werde verrückt. Die *Innen*seite.

Die dunkle Seite des Mondes ist INNEN!«

Das große Finale!

Wie Charity in das Innere des Mondes vordringt, lesen Sie im zehnten Band:

DIE DUNKLE SEITE DES MONDES

(Bastei-Lübbe 23 121)

WOLFGANG HOHLBEIN
CHARITY
Die beste Frau der Space Force
Dunkel ist die Zukunft
Die Königin der Rebellen
In den Ruinen von Paris
Die schlafende Armee
Hölle aus Feuer und Eis
BASTEI LÜBBE
Taschenbücher
Die rasanteste Frau des Universums und ihr unerbittlicher Kampf um das Schicksal der Erde.
WOLFGANG HOHLBEIN – niemand schreibt spannender!